KB217904

노벨라이즈

~습격당한 도공 마을 편~

고토게 코요하루 · 원작 / 그림
마츠다 슈카 · 글

학산문화사

츠유리 카나오

귀살대 대원. 매사에 자기 혼자선 결단을 잘 내리지 못한다.

하시비라 이노스케

귀살대 대원. 멧돼지 가죽을 뒤집어쓰고 다니고, 매우 호전적.

아가츠마 젠이츠

귀살대 대원. 평소엔 겁이 많지만 사실은…?

칸로지 미츠리

귀살대의 '연주'. 모종의 이유를 위해 귀살대에 입대.

토키토 무이치로

귀살대의 '하주'. 칼을 잡은 지 두 달 만에 주가 되었다.

겐야

탄지로의 동기. 도공 마을에서 탄지로와 재회한다.

상현3 아카자

상현3. 귀살대 '염주' 렌고쿠 쿄쥬로를 죽인 도깨비.

키부츠지 무잔

네즈코를 도깨비로 바꿔 놓은 인물이자 탄지로의 숙적. 평소에는 인간 행세를 하며 살고 있다.

등장인물 소개
카마도 탄지로
누이동생을 구하고 가족의 복수를 목표로 삼은 마음씨 착한 소년. 도깨비나 상대방의 급소 등을 '냄새'로 알아낼 수 있다.
카마도 네즈코
탄지로의 누이동생. 도깨비에게 공격당해 도깨비가 되지만 다른 도깨비들과 달리 인간인 탄지로를 보호하듯이 움직인다.

목차

그 후 탄지로는 함께 최종 선별을 치른 동기인 아가츠마 젠이츠, 하시비라 이노스케와 동료가 된다.

젠이츠
이노스케

우즈이

새로운 임무에서 상현6 남매 도깨비와 대치한 음주 우즈이와 탄지로 일행.

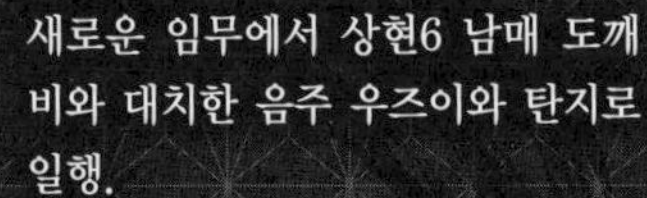

우린 둘이서
하나니까아아.

남매 도깨비의 맹공에 몇 차례나 열세에 몰리지만, 불굴의 정신으로 쓰러트린다. 하지만 그 대가는 큰데…?

『유곽 잠입 대작전 편』의 다음 이야기를 수록!

지난 줄거리

때는 다이쇼. 숯을 파는 소년 탄지로는 어느 날 가족이 도깨비에게 몰살되고 누이동생 네즈코는 도깨비로 돌변하고 만다.

우리 네즈코는 아니야.
사람을 잡아먹지 않아.
네즈코

네즈코를 인간으로 돌려놓고 가족을 죽인 도깨비를 처단하기 위해 탄지로와 네즈코는 여행을 떠난다.

탄지로는 '최종 선별'을 돌파해서 도깨비를 사냥하는 조직, '귀살대'의 대원이 된다!

때는 다이쇼 시대 초기.

사무라이의 세상이 막을 내리고, 서양 문물이 물밀듯이 밀려 들어온 지도 벌써 약 50년이 지났다.

세상은 급격하게 새로워지는 중이지만, 그 이면에는 아직 오래된 악몽이 꿈틀거렸다.

천 년도 전부터 살아온 도깨비… 키부츠지 무잔과 그가 탄생시킨 수많은 식인 도깨비들이었다.

숯구이 집안에서 태어나고 자란 소년 카마도 탄지로는 무잔에 의해 가족이 몰살당하고, 유일하게 살아남은 누이동생 네즈코도 도깨비로 변하고 말았다.

늙지도, 죽지도 않는 도깨비를 죽이는 방법은 두 가지뿐.

하나는 태양빛을 쬐게 하는 것.

다른 하나는 태양빛의 힘을 담은 칼 일륜도로 목을 잘라 내는 것이다.

그리고 그 일륜도로 도깨비와 싸우는 사람들의 조직이 바로 '귀살대'다.

탄지로는 네즈코를 인간으로 되돌릴 방법을 찾기 위해 귀살대의 검객이 되었다.

같은 시기에 대원이 된 아가츠마 젠이츠, 하시비라 이노스케, 츠유리 카나오.

그리고 귀살대 최강의 검객인 '주(柱)'들.

그들과 함께 싸우고, 다치고, 피를 흘리면서 탄지로는 유대감을 쌓아 간다.

그리고 네즈코 역시 인간을 한 명도 잡아먹지 않고도 도깨비로서의 진화를 거듭해서 탄지로와 함께 싸워 왔다.

무한열차를 무대로 한 싸움에서는 염주 렌고쿠 쿄쥬로를 잃었다.

유곽에서 벌어진 싸움에서는 음주 우즈이 텐겐이 큰 부상을 당해 주에서 물러났다.

그러나 탄지로는 살아남았다.

동료들과 함께 최강의 도깨비 중 하나인 '상현6'을 쓰러트린 것이다.

조금씩, 아주 조금씩.

키부츠지 무잔을 향해 귀살대는 다가가고 있었다.

제 1 화 상현 집결

디잉, 디디잉, 디잉… 하고 비파 소리가 울려 퍼졌다.

이곳은 이공간(異空間)인 도깨비의 성… 무한성(無限城).

한없이 이어지는 어둠 속에 무수한 방들이, 계단들이, 복도들이 상하좌우가 뒤죽박죽인 형태로 결합된 기묘한 건물이었다.

그 방들 중 한 곳에 다부진 몸에 빨간 머리를 한 젊은 남자가 서 있었다.

남자의 금빛 눈동자에는 오른쪽에 '上弦(상현)', 왼쪽에 '參(3)'이라는 글자가 새겨져 있었다.

그의 이름은 아카자.

이 무한성을 지배하는 도깨비의 시조 키부츠지 무잔의 직속 부하 '십이귀월' 중 하나였다.

강한 순서대로 위에서 6명이 '상현'. 그 아래의 6명이 '하현'이라 불리는 십이귀월.

그중 상현3. 즉, 위에서 세 번째.

그것이 아카자의 통칭이자 강함의 순위였다.

아카자는 그의 정면에 앉아 비파를 켜는 여자 도깨비 나키메를 노려보고 있었다.

그녀가 채로 현을 튕길 때마다 공간은 일그러지고, 저택의 형태가 변화했다.

디잉 하고 또다시 비파 소리가 울렸다.

동시에 아카자가 있는 다다미방 바로 옆 마루에 항아리가 하나 나타났다.

"효옷."

항아리 안에서 나는 기묘한 목소리.

"이게 뉘신가. 아카자 님! 아이고~ 멀쩡해 보이셔서 다행입니다."

스르르르르륵… 하고 뭔가가 안개처럼 항아리 밖으로 튀어나왔다.

"90년 만에 뵙는 건가요?"

형상만 봐서는 인간의 상반신을 하고 있지만, 팔은 없고 가슴 아래쪽은 뱀처럼 홀쭉해서 아직 항아리 안으로 이어져 있었다.

어깨 위에는 머리통이 놓여 있지만, 이목구비 중에서 올바른 위치에 달린 것은 코뿐이고, 양 눈이 있어야 할 자리에서는 입 2개가 혀를 날름거렸다. 입의 위치에 있는 것은 눈이고, 이마에도 또 하나의 눈이 세로로 열려 있었다. 머리통의 양옆에는 2개의 작은 손이 마치 귀고리처럼 달려서 대롱대롱 흔들렸다.

그 이마의 눈에는 '상현', 입 쪽에 있는 눈에는 '5'라는 글자가 새겨져 있었다.

상현5… 굣코(玉壷)라 불리는 도깨비였다.

"저는 혹여 당신이 당한 것 아닌가, 내심 설렜…. 콜록콜록! 걱정돼서 가슴이 답답했는데."

효홋 하고 굣코는 천박하게 웃었다.

조금도 대꾸를 안 하는 아카자를 대신하듯 약간 떨어진 계단 위에서 또 다른 목소리가 들렸다.

"무섭네, 무서워…. 한동안 못 본 사이에 곳코는 숫자도 못 세게 되었구먼."

이마에 큼직한 혹이 달린 작은 체구의 노인이었다. 혹의 양 옆에는 짧은 뿔 2개가 돋아나 있었다. 손톱을 뾰족하게 기른 앙상한 손으로 계단 난간을 붙잡은 그는 몸을 잘게 떨었다.

실눈을 뜨고 있어서 숫자는 보이지 않지만, 이 노인은 상현 4 한텐구(半天狗)였다.

"불려 온 건 113년 만이야. 나눌 수 없는 숫자… 불길한 짝… 홀수!! 무섭네, 무서워…."

아카자는 두 사람을 본체만체하고 나키메에게 물었다.

"비파녀, 무잔 님은 안 계시나?"

"아직 안 오셨습니다."

디잉 하고 채로 현을 튕기면서 나키메는 대답했다.

"그럼 상현1은 어디에 있어? 설마 당한 건 아니겠지?"

상현이 이곳에 불려 오는 건 언제나 여섯 중 누군가가 죽었을 때였다.

"어이쿠, 어이쿠! 잠깐만 기다려 봐, 아카자 공!"

쾌활한 목소리가 느닷없이 귓가에서 들려왔다.

"내 걱정은 안 해 주시는 건가? 난 모두를 엄청 걱정했

난 모두를
엄청 걱정했는데!

는데!"

아카자의 어깨에 친근하게 팔을 두른 것은 단정한 얼굴의 젊은 남자였다. 새하얀 머리카락 위로 피를 뒤집어쓴 것 같은 빨간 문양이 넓게 퍼져 있었다. 커다란 무지갯빛 눈동자에는 '상현', '2' 글자.

"소중한 동료니까 난 아~무도 빠지길 원치 않거든."

헤실헤실 웃는 그 남자를 본 곳코가 효옷 하고 숨을 삼키는 소리가 들렸다.

"도우마 공…."

"여어, 여어, 오랜만이야, 곳코."

상현2 도우마(童磨)는 손을 살랑살랑 흔들었다.

"그건 새 항아리인가? 예쁜데? 네가 준 항아리, 여인의 목을 꽂아 장식해 놨어, 내 방에다."

"그건 목을 꽂아두는 물건이 아닌데…. 하지만 그것도 괜찮지."

"참, 다음번에 우리 집에 놀러 와!"

아카자의 어깨를 감싼 채로 생글생글 웃으며 곳코와 대화를 이어 가는 도우마에게 아카자는 낮은 목소리로 말했다.

"치워."

"응?"

"팔 치우라고."

뻐억!

대답할 새도 없이 아카자의 왼쪽 주먹이 도우마를 향해 날아와서 얼굴의 아래쪽 절반이 으스러졌다.

피범벅이 된 얼굴로 휘청거리면서 드디어 아카자에게서 떨어진 도우마의 모습에, 계단 위에서 지켜보던 한텐구가 히이이익 하고 비명을 질렀다.

"오옷!"

그러나 정작 도우마는 자신의 피를 손으로 받아 내면서 감탄한 듯이 말했다.

"으~음, 훌륭한 주먹이야! 예전보다 좀 강해졌나? 아카자 공."

역시 상현2. 눈 깜짝할 사이에 회복해서 핏자국조차 남지 않은 얼굴로 웃는 도우마를 아카자는 이마에 푸른 핏대를 세우며 노려봤다.

마침내 그들의 대화가 일단락 지어졌다고 판단했는지 나키메가 입을 열었다.

"상현1님은 가장 먼저 불렀습니다. 줄곧 저곳에 계셨지요."

"!!"

여태껏 알아차리지 못했다. 조금 떨어진 곳에 자리한 방에 젊은 무사와도 같은 남자 한 명이 앉아 있었다.

"난… 여기에 있다…."

반쯤 드리워진 수렴. 아카자의 위치에서는 등을 지고 돌아선 우반신밖에 보이지 않았다.

칼자루에 눈알들이 줄지어 박힌 괴상한 칼을 차고, 붉은 기가 도는 긴 검은 머리를 하나로 묶은 남자… 상현1 코쿠시보(黒死牟)는 그 자세를 유지하며 말했다.

"무잔 님께서… 오셨다…."

"!!"

그 순간 주위에 위압적인 기운이 가득 찼다.

"히이이이익."

한텐구의 비명과 함께 상현 도깨비들은 일제히 고개를 숙이며 그 자리에 무릎을 꿇었다.

그들 바로 위의 천장에 언제부터인가 양장 차림의 젊은 남자가 거꾸로 서 있었다.

아니, 거꾸로라는 표현은 올바르지 않을 것이다. 상하 개념이 없는 이 공간 안에서는 그가 밟고 선 평면 역시 바닥이었다.

그 평면에는 널찍한 목제 책상이 놓여 있었고, 책상 위에는 비커나 시험관들이 즐비했다.

남자 키부츠지 무잔은 죽 늘어선 부하들에게 눈길조차 주지 않고 손에 든 시험관에 스포이트로 액체를 떨어트리며 말했다.

"규타로가 죽었다. 상현달이 이지러졌어."

"그게 참말이옵니까?"

입을 연 것은 도우마였다.

"거참 죄송하게 되었군요! 규타로는 제가 소개한 자인데!"

얼마 전 요시와라에서 벌어진 싸움에서 도깨비 사냥꾼들에게 토벌당한 상현6 규타로는 과거 도우마가 선택해 도깨비로 만들었던 자다.

도우마는 전혀 기죽은 기색도 없이 오히려 기대감에 찬 목소리로 말을 이었다.

"어찌 사죄할까요? 눈알을 도려낼까요? 아니면…."

"필요 없다, 네놈의 눈알 따윈."

키부츠지 무잔은 단호히 거절했다.

"어차피 규타로는 질 거라 생각했으니. 예상대로 다키가 걸림돌이 되었지."

도우마 쪽으로 얼굴도 돌리지 않은 채 무잔은 책상에 펼쳐 놓은 서양식 필기장에 실험 결과를 사각사각 적어 가며 말했다.

"처음부터 규타로가 나서서 싸웠더라면 이겼을 거야. 애당초 독을 먹인 후에까지 계속 싸울 것 없이… 아니. 이제 그딴 건 아무래도 상관없지."

한심하구나, 라고 무잔은 중얼거렸다.

"인간적인 부분을 많이 남겨 둔 자들부터 차례차례 지고 있어. 그러나 이제 상관없다. 난 너희에게 기대하지 않아."

"또 그렇게 슬픈 말씀을 하시네요. 제가 언제 당신의 기대에 부응하지 못한 때가 있었나요?"

도우마는 무잔을 올려다보며 말했다.

"우부야시키 일족을 여전히 없애지 못하고 있지. '푸른 피안화'는 어찌 되었느냐? 어째서 수백 년이 넘도록 찾질 못해?"

언뜻 보기에는 차분하게 이야기하는 무잔의 얼굴에 씰룩씰룩… 하고 혈관이 불거져 나왔다.

"난 이제… 네놈들의 존재 이유를 모르겠다."

"히이익! 용서해 주시옵소서, 제발, 제발!!"

한텐구가 계단 위에서 두 손을 짚고 이마를 바닥에 문지를 기세로 엎드리며 사죄했다. 아카자 역시 고개를 푹 숙였다.

"뭐라… 반론할 말도… 없군…."

진중하게 입을 연 자는 아직도 얼굴을 가리고 있는 코쿠시보였다.

"우부야시키는… 교묘하게… 자취를… 숨기고 있어."

"탐지, 탐색은 내 전문 분야가 아니라서. 어떻게 해야 될지…."

도우마도 어깨를 축 늘어트리고 말했지만, 그때 유일하게 목청을 돋운 것은 굣코였다.

"무잔 님!! 전 다릅니다!"

항아리 밖으로 튀어나온 몸을 꿈틀꿈틀 흔들면서 굣코는 두 눈의 위치에 달린 2개의 입을 번갈아 벌려서 말했다.

"당신의 소망에 한 걸음 더 가까이 다가가기 위해 정보를 물어왔습니다. 바로 지금…."

하지만 다음 순간.

굣코의 시야에 어째서인지 위아래가 바뀐 무잔의 얼굴이 가득 찼다.

"내가 싫어하는 것은 '변화'다."

어느샌가 굣코의 머리통은 찢겨서 무잔의 손안에 거꾸로 들려 있던 것이다.

그 머리를 향해서 무잔은 말을 이었다.

"상황의 변화, 육체의 변화, 감정의 변화… 온갖 변화들은 거의 대부분의 경우 '퇴화'다. 쇠퇴하는 거지."

'무잔 님의 손이 내 머리에! 좋아… 너무 좋아….'

감격에 차서 부르르 떠는 곳코를 응시하며 무잔은 차가운 목소리로 말했다.

"내가 좋아하는 것은 '불변'이다… 완벽한 상태로 영원히 변치 않는 것."

도깨비 시조의 하얀 피부에 또다시 시퍼런 힘줄이 불거져 올라왔다.

"113년 만에 상현이 죽고 나는 불쾌감의 절정에 이르렀다. **아직 확정되지 않은** 정보를 희희낙락거리며 전달하려 하지 마라."

디디잉 하고 나키메의 비파 소리가 울려 퍼졌다.

중력의 방향이 바뀌면서 무잔의 손에서 곳코의 머리통이 떨어져 나갔다. 무잔의 기준에서는 '위쪽'을 향해 추락했다.

"앞으로는 좀 더 죽을힘을 다해 일해야 될 거야. 아무래도 상현이라는 이유만으로 내가 너희에게 너무 오냐오냐한 것 같으니.”

무잔은 책상 위의 비커를 집어 들고 다시 실험을 시작하며 툭 내뱉었다.

“꼿코, **정보가 확정되면** 한텐구와 함께 그곳으로 가라.”

디잉 하고 비파 소리가 울려 퍼졌다. 별안간 공중에 나타난 맹장지가 무잔과 상현들을 가로막듯이 닫히면서 시조의 모습은 보이지 않게 됐다.

“히이익. 알겠사옵니다…!!”

납작 엎드리는 한텐구. 다다미 바닥 위를 구르던 꼿코의 머리는 몸부림치는 것처럼 부들부들 떨렸다.

‘……!! 이럴 수가…!! 내가 물어온 정보인데…. 이렇게 우격다짐…. 하지만, 그런 점이 또 좋지….’

그런 꼿코의 곁으로 도우마가 후다닥 달려왔다.

“꼿코 공! 그 정보라는 게 뭔데? 나도 같이 가고 싶다!”

“아니… 그건 좀….”

도우마는 당황한 꼿코의 머리통을 양손으로 집어 들고 애원했다.

“알려 주면 안 돼? **이렇게 빌게!**”

빠악! 하는 둔탁한 소리를 내면서 도우마의 머리의 위쪽 절반이 날아갔다.

“무잔 님께서 너한테 뭔가 명하시더냐? 이만 꺼져.”

아카자의 주먹이었다.

그러나 다음 순간, 그 아카자의 팔 역시 중간부터 잘려 나가 바닥에 떨어졌다.

“아카자….”

언제 다가온 것인지 코쿠시보가 아카자의 오른쪽 옆에 스윽 서 있었다.

“넌… 도가 지나쳐….”

조금도 기척이 느껴지지 않았던 상현1을 보고 아카자는 눈을 부릅떴다.

“괜찮아, 괜찮아, 코쿠시보 공!! 난 전혀 신경 쓰지 않으니까.”

꾸득꾸득 소리를 내며 순식간에 재생한 얼굴로 도우마가 웃었다.

코쿠시보는 도우마 쪽을 쳐다보지도 않고 말을 이었다.

“널 위해서 하는 말이 아니다…. 서열의 흐트러짐…. 더 나아가 종속 관계에 금이 갈까 봐 저어하는 것이지….”

“아~ 그렇구나.”

“아카자… 정 맘에 안 들면 교체 혈전을 신청해라….”

교체 혈전이란 글자 그대로 하위 도깨비가 상위 도깨비에게 승격을 걸고 벌이는 싸움을 말한다.

“에이~ 근데 코쿠시보 공, 신청해 봤자 아카자 공은 우릴 못 이기잖아.”

도우마는 웃었다.

“심지어 난 아카자 공보다 나중에 도깨비가 되었는데, 더 빨리 출세했으니, 그도 내심 얼마나 속상하겠어! 이해해 줘.”

도발하는 것인지, 천진한 것인지. 아카자의 침묵에서 끓어오르는 울화가 전해져 왔다.

“그리고 난 일부러 안 피한 거야. 약간의 장난이지. 이런 식으로 점점 친해지는 거야.”

도우마는 깔깔 웃으며 말을 계속했다.

“자고로 위에 선 사람은 너무 그렇게 밑에 있는 사람의 허물을 들추지 않고 여유를 갖고….”

“아카자.”

입을 다물 줄 모르는 도우마에게 등을 돌린 채로 코쿠시보는 말했다.

“내가… 무슨 말하고 싶은 건지… 알겠느냐…?”

그 얼굴.

본래 있던 두 눈 외에도 이마에 2개, 뺨에 2개.

모두 합쳐서 6개의 눈이 불길한 꽃처럼 붉게 피어 있었다.

"알았어."

아카자는 짧게 대답하고는 코쿠시보를 노려봤다.

"난 반드시 널 죽일 거야."

"그래…? 노력…해라…."

기척이 슈욱 하고 사라졌다. 그의 모습은 이미 어디에도 없었다.

"잘 가, 코쿠시보 공. 잘 가!"

도우마가 명랑한 목소리로 인사했다.

"어째 난 대화에 끼워 주지도 않는 것 같은데, 지나친 생각이겠지? 아카자 공."

그러나 말없이 부루퉁한 얼굴로 서 있던 아카자는 다다미 바닥을 세게 박차고는 눈 깜짝할 사이에 그 자리를 떠났다.

"아카자 공! 아직 얘기하는 중인데."

어깨를 축 늘어뜨리는 도우마의 옆을 뭔가가 다다다… 소리를 내며 빠르게 지나쳤다.

곳코의 머리였다. 귀에서 돋아난 2개의 팔을 발처럼 사용하면서 나키메를 향해 소리쳤다.

내가…
무슨 말하고
싶은 건지…
알겠느냐
…?
알았어.

"나와 한텐구를 같은 곳으로 날려 보내 주시게!"

"잠깐만 기다려. 그럼 나도…."

도우마가 몸을 내밀며 자신을 손가락으로 가리켰다. 하지만 그와 동시에 나키메의 비파 소리가 디디디잉 하고 울렸다.

계단 위에서 "히이익." 하고 울던 한텐구도, 굣코의 머리도, 멀리 떨어진 곳에서 나뒹굴던 그의 항아리와 몸 부분도 순식간에 사라졌다.

그 자리에는 도우마만 홀로 덩그러니 남겨졌다.

어정쩡하게 들어 올린 손을 어찌해야 할지 몰라 잠시 머뭇거린 도우마였지만, 아예 나키메를 향해 번쩍 들고 흔들기로 결심한 듯했다.

"이봐, 비파님. 혹시 괜찮으면 이따가 나랑."

"거절합니다."

뭐라고 말할 틈도 없이 디잉 하고 비파 소리가 났다.

"!!"

다음 순간, 도우마는 익숙한 자신의 처소에 있었다.

다다미가 깔린 방 안쪽에 한 단을 높여서 마련된 자리. 대나무 발 대신 얇은 천으로 된 장막을 둘러쳤고, '극락'이라고 적힌 부적을 여러 장 붙여 놓았다.

그 중앙에 놓인, 푹신푹신하게 솜을 채워 넣은 큼직한 서양식 방석 위에 도우마는 양반다리를 하고 앉아 있었다.

늘 있는 장소. 그의 '일터'.

"너 나 할 것 없이 매정하구만."

도우마는 "끄으응." 소리와 함께 입을 삐죽 내밀었다.

그때 정면의 맹장지가 드르륵 하고 열렸다. 머리를 바짝 민 젊은 남성이 정좌를 하고 있었다.

"교주님, 신자분이 오셨습니다."

"아아, 정말? 기다리게 해서 미안."

도우마는 당연하다는 듯이 그에게 미소를 지어 보이고는 곁에 놓여 있던 기묘한 형태의 검은색 모자를 집어 들었다.

"그럼 이것 좀 쓴 다음에."

지옥의 염라대왕이 쓰는 관처럼 생긴 그것을 머리에 얹은 다음, 천천히 자세를 고쳐 앉았다.

"자, 자. 이제 들여보내."

그렇게 말한 그는 다시 그의 '업무'로 돌아갔다.

귀멸의
칼날

제 2 화 자, 가자, 마을로!!

여기는 어딜까?

탄지로는 몽롱한 머리로 생각했다.

짙은 초록 내음. 아련한 매화의 향기.

어딘가에서 본 적이 있는 것 같은 아담한 집. 좁은 방.

다다미 바닥에 깔린 이불에는 아직 젊은 여자가 잠들어 있었다.

작은 쟁반에 주먹밥과 찻잔을 올린 그는 그 옆을 지나 툇마루로 향했다.

걸을 때마다 쟁반 위의 찻주전자가 달그락달그락 소리를 냈다.

툇마루에는 사무라이 같은 복장의 남자가 홀로 앉아 있었다.

"차 끓여 왔습니다."

"응… 고맙다."

남자는 품에 아기를 안고 있었다. 아기는 행복한 표정으로 자는 중이었다.

"아이고~ 잘도 자네. 죄송해서 어쩌죠? 집사람도 잠들어 버렸는지."

그렇다. 저기 잠들어 있는 여자는 아내 스야코. 그리고 이 아기는 딸인 스미레.

"정말로 죄송합니다. 손님이 애를 보게 해서."

그럼, 그렇게 말하며 웃는 자신은… 누구지?

"신경 쓰지 말아라. 얼마나 피곤하면 그러겠느냐. 아일 낳고 키우는 건 고된 일이야."

젊은 사무라이는 조심스럽게 아기를 넘겨주고는 찻잔을 집어 들면서 담담히 말했다.

"이것만 마시고 난 떠나마. 계속 공짜로 밥 얻어먹는 것도 면목이 없으니."

정말로
죄송합니다.
손님이 애를
보게 만들어서.
신경 쓰지
말아라.
얼마나 피곤하면
그러겠느냐.
아일 낳고
키우는 건
고된 일이야.
이것만 마시고
난 떠나마.
계속 공짜로
밥 얻어먹는 것도
면구스러우니.

"무슨 그런 말씀을! 당신은 생명의 은인이세요. 당신이 안 계셨다면, 저희는 고사하고 이 아이도 태어나지 못했을걸요?"

그렇게 열변을 토해 보아도 사무라이는 차를 홀짝일 뿐이었다.

"…알겠습니다. 그럼 최소한 당신에 대한 이야길 후세에 전할게요."

"필요 없다."

"그치만… 대를 이을 분이 안 계셔서 곤란해하고 계시잖습니까? 보잘것없는 숯장수인 저는 무리더라도, 언젠가는 누군가가…."

"필요 없대도."

젊은 사무라이는 고개를 들었다.

"'스미요시', 도(道)를 궁구하는 이가 도달하는 곳은 **언제나 동일하다**."

그의 왼쪽 이마에는 불꽃과도 같은 형태의 붉은 반점이 있었다. 어두운 눈동자에는 한 점의 빛도 돌지 않았다.

그리고… 그의 양쪽 귀에는 화투와 비슷한, 일륜 문양의 귀고리가 흔들리고 있었다.

"설령 시대가 변해도, 설령 그곳에 이르기까지의 노정이 달라도, **반드시 같은 곳에 도달하지**."

마침내 눈이 녹은 봄의 산. 툇마루 앞에 핀 매화에 동박새가 날아와 앉아 있었다.

"네 눈에는 내가 뭔가 특별한 인간처럼 보이나 본데, 결코 그렇지 않아…. 나는 소중한 존재를 하나도 지키지 못했고, 인생에서 꼭 해야 될 일을 끝내 하지 못한 사람이다. 아무 가치도 없는 사내지."

남자는 그렇게 말한 뒤에 천천히 자리에서 일어나 그대로 등을 돌린 채 걸어가기 시작했다.

그 뒷모습을 배웅하면서 '스미요시'는 깊은 슬픔을 느꼈다.

그런 식으로 말씀하지 말아 주세요.

제발, 부탁이니 자신에 대해 그런 식으로….

슬프다.

너무 슬퍼….

탄지로는 천천히 눈을 떴다.

눈가가 젖어 있었다. 자신은 울고 있었던 걸까?

'꿈…인가…? 여기는… 나는…?'

소독약과 약품 냄새. 햇볕에 바짝 건조시킨 시트 냄새.

탄지로는 침대 위에 똑바로 누워 있었다. 양쪽 팔에 링거 관들이 연결돼 있는 것이 보였다.

여기는… 병원? 아니, 병원은 아니었다. 잘 아는 냄새가 났다.

나비 저택의 입원 병동인가? 차분히 기억을 더듬었다.

이곳에서 출발한 그 임무. 요시와라의 거리에서 펼쳐진 상현6과의 전투.

독을 사용하는 남매 도깨비 규타로와 다키.

음주(音柱) 우즈이 텐겐과 그의 세 부인들과 힘을 합쳐 싸웠다.

사투 끝에 가까스로 두 도깨비를 쓰러트렸고… 그리고….

쨍그랑 하고 뭔가가 깨지는 소리가 났다.

탄지로가 그쪽을 쳐다보니, 병실 입구에 소녀가 서 있었다.

귀살대 대원복을 입고 나비 장식을 머리에 단 그녀는 탄지로의 동기 츠유리 카나오였다.

발밑에는 꽃병이 산산조각이 나 있었다. 탄지로가 눈을 뜬 것을 알아채고 놀란 나머지 떨어트린 모양이었다.

"……."

입을 떡 벌린 카나오는 침대 쪽으로 비틀비틀 걸어왔다.

"…괜찮아? 싸움 이후로 두 달이나 의식이 안 돌아왔어."

"그…래…?"

시간이 그만큼이나 흘렀단 말인가. 탄지로는 아직 멍한 머리로 생각했다.

"그랬…구나…."

"깨어나서 정말 다행이야…."

조심스레 침대 옆에 다가선 카나오의 눈에 어렴풋이 눈물이 차올랐다.

바로 그 무렵.

탄지로의 병실을 향해서 그 입원 병동의 복도를 걷는 한 남자가 있었다.

검은색 일색인 복장에 눈가만 보이는 복면을 쓴 남자의 이름은 고토라고 한다.

등에 '隱'이라고 적힌 그 옷은 귀살대의 사후 처리 부대인 은의 제복이었다.

쨍그랑

…….

…괜찮아?
싸움 이후로 두 달이나 의식이 안 돌아왔어.

그… 래…?
…….
그랬… 구나….

깨어나서
정말 다행이야….

그 이름대로 귀살대 대원들이 도깨비와 싸웠을 때 사후 처리를 하는 것이 '은'의 역할이었다.

두 달 전 유곽에서 싸움이 벌어진 뒤에 사후 처리를 하러 파견된 은들 중에서 탄지로 일행을 발견한 사람이 바로 고토였다.

원래부터 그는 탄지로와 인연이 깊었다.

벌써 꽤 예전이지만, 탄지로가 도깨비로 변한 여동생을 데리고 다니는 걸 들켜서 귀살대 주들의 앞에 끌려간 때에도 그를 그곳에 데려가고, 또 나비 저택으로 이송하는 역할을 맡았었다.

이번에도 잔해더미 틈에서 탄지로, 이노스케, 젠이츠가 자그마한 네즈코를 에워싸듯이 껴안고 있는 것을 발견하고 '저것들, 사이 엄청 좋네?'라고 생각했는데, 알고 보니 네즈코를 제외한 셋은 의식 불명 중태에 빠졌던 것이어서 적잖이 놀랐다.

고토는 자신보다 어린 나이에 검객이 되어 목숨 걸고 싸우고 있는 탄지로 일행을 순수하게 존경하고 있었다.

'…멧돼지 녀석은 잘 모르겠지만…. 그 녀석의 그 머리는 대체 뭐지?'

한숨을 한 번 푹 쉬고는 손에 든 쟁반으로 시선을 떨어트렸다.

쟁반에 담긴 것은 카스텔라였다.

달걀과 설탕을 산더미만큼 사용해서 만드는 카스텔라는 고급 과자라서, 고토는 솔직히 지금 당장이라도 먹고 싶은 걸 최선을 다해 참고 있다.

이것은 여전히 의식이 돌아오지 않는 그 녀석에게 줄 선물이기 때문이었다.

'그 녀석은 코가 밝다고 하니, 혹여 가까이 놔두면 깨어날지도 몰라.'

병실 앞까지 도착하니 병실로 들어가는 문이 열려 있는 것이 보였다.

의아하게 생각하며 발을 들여놓자, 바로 앞에 깨진 꽃병이 그대로 방치되어 있었다.

탄지로의 침대 옆에는 츠유리 카나오가 이쪽을 등지고 앉아 있었다.

그렇다면 이 꽃병을 깬 사람은 그녀일까?

'제발 좀 치워….'

고토는 눈살을 찌푸렸다.

'넌 정말 뭐든지 저지르고 방치해 두는구나, 카나오…. 말도 전혀 안 하고, 참 이상한 아이라니까. 어릴 때부터 귀살 따위나 시키니까 그렇지.'

뭐, 계급이 위라서 뭐라 할 수도 없지만…. 내가 23살이어도…라고 속으로 투덜거리면서 고토는 쭈그려 앉아 꽃병 조각들을 정리했다.

그런 다음 카나오에게 말을 걸었다.

"저어, 여기에 카스텔라 두고 갈 테니, 좀 뒀다가 치워 주세요. 상할 것 같으면 드셔도 되고."

"고… 고맙…습니다…."

라고 대답한 사람은 카나오가 아니라 의식을 못 차렸다고 들은 탄지로였다.

고토는 말문이 막힐 정도로 놀랐다. 너무 놀라서 카스텔라를 침대 위에 쏟고 말았다.

"의식!! 돌아왔잖아?! 좀 더 소란을 피워야지이이이이!!!"

저도 모르게 카나오를 향해 주먹을 들고 버럭버럭 소리 질렀다.

"넌 애가 정말 맹~하구나?! 사람을 불러야지, 사람을!!! 의식 돌아왔어요, 라고!! 이 멍충아!! 다들 얼마나 걱정하

고 있는데. 내 위고 아래고 상관없어, 지금만큼은!!"

황급히 자리에서 일어나 고개를 꾸벅꾸벅 숙이는 카나오를 호되게 꾸짖은 다음, 고토는 다시 복도로 나가서 복식 호흡으로 외쳤다.

"키요, 스미, 나호!! 아오이!! 탄지로 의식 돌아왔다아아아!!"

그 목소리를 듣고 눈 깜짝할 사이에 모여든 사람은 이 나비 저택에서 환자들의 간호를 담당하는 세 명의 소녀인 키요, 스미, 나호였다.

으앙~!! 하고 울면서 탄지로의 침대를 에워쌌다.

"다행이에요~"

"단팥빵 드릴게요~~"

"여기 카스텔라 떨어져 있어~~"

제각각 말하면서 침대 위로 기어올라 탄지로에게 달라붙었다.

뒤이어 복도에서 두두두두두 하는 요란한 발소리가 나더니 콰당~!! 하고 문이 열리면서 펄럭이는 흰 물체가 병실로 뛰어들어 왔다.

"꺄악~!! 귀신이다~!!"

키요가 비명을 질렀지만, 그 물체 아래에서 푸핫~!! 하고 얼굴을 내민 것은 마찬가지로 여기서 간호와 대원들의 기능 회복 훈련을 담당하는 칸자키 아오이였다.

"난 또~ 빨래가 뒤엉킨 아오이 씨였구나?"

아오이는 자신의 머리에서 시트를 끌어내리고 카나오의 옆으로 달려왔다. 탄지로의 침대에 얼굴을 묻고는 으허어어엉 하고 오열했다.

"의식이 돌아와 천만다행이야~~!! 나 대신에 가 준 거였는데, 다들… 으허어어엉!!"

음주 우즈이 텐겐은 유곽에서의 임무에는 여자 대원 쪽이 제격이라며 원래 아오이를 데려가려 했다. 겁먹은 아오이 대신 탄지로 일행이 여장을 하고 투입되었기 때문에 아오이는 자기 탓이라며 걱정이 이만저만이 아니었으리라.

"고마…워요… 다른…사람들은… 괜찮…나요…?"

카나오에게 다독임을 받으며 엉엉 우는 아오이를 대신해 고토가 대답했다.

"노랑머리 녀석은 그저께였던가? 복귀했어. 이미 임무 수행하러 나갔대. 엄청 싫어하면서."

"네. 젠이츠 씨는 그 이튿날에 바로 깨어났어요."

고토의 무릎에 앉은 스미도 고개를 끄덕였다. 고토는 말을 이었다.

"음주는 자기 발로 걸어 다니더라. 부인들한테 부축은 받고 있었지만. 은들은 전원 식겁했지. 너무 튼튼해서."

완전 식겁했어, 라며 고토는 강조했다.

"그래…? 이노스케는…?"

"이노스케 씨도 한때 위험했어요."

스미가 말하자 아직 눈물을 뚝뚝 흘리면서 아오이가 보충 설명을 했다.

"이노스케 씨는 상태가 너무 안 좋았어. 독이 퍼지는 바람에 호흡을 사용한 지혈이 늦어져서."

"그래…? 그럼… 저기 천장에 들러붙어 있는 이노스케는 내 환각이구나…?"

탄지로의 말에 그 자리에 있는 모두가 일제히 천장을 올려다봤다.

"으아~악!!! 왜 저러고 있어?!"

"꺄아아악!!"

천장에 거꾸로 들러붙어 있는 이노스케는 당연히 환각 따위가 아니었다.

"크하하하하!!! 용케 알아차렸구나, 탄바치로!!"

"난… 누워 있으니까…."

이노스케는 쿠웅 하고 침대 위로 뛰어내렸다. 내려오라고 외치는 소녀들의 외침에도 아랑곳 않고, 그 자리에 그대로 서서 탄지로에게 삿대질을 하며 기쁜 기색으로 잘난 척을 했다.

"난 너보다 무려 이레 전에 깨어난 몸이란다!"

"잘했네…. 이노스케는… 대단해…."

"헤헷, 우후훗! 더더욱 칭찬해라!! 그리고 넌 약골이야!! 사람 걱정시키지 마!!"

"이노스케 씨가 정상이 아닌 거죠! 시노부 님도 그러셨잖아요!!"

나호의 말을 받아 키요가 어디에선지 커다란 책을 꺼내들었다.

"참, 탄지로 씨. 이 책 좀 보세요."

보아하니 동물도감인 것 같았다. 펼쳐진 페이지에는 검은 털로 뒤덮인 처음 보는 생물의 사진이 실려 있었다.

"'꿀먹이 오소리'라는 외국 오소리인데요!! 두꺼운 피부는 갑옷이라, 사자한테 물려도 멀쩡하죠. 독이 안 통해서 독사도 잡아먹어 버리고."

"귀엽네."

탄지로는 웃었다. 카나오도 눈을 크게 뜨고 책을 들여다봤다. 확실히 사진 속 동물은 둥근 얼굴에 동그랗고 귀여운 눈이 인상적이라서 그렇게 늠름한 생물로는 도저히 보이지 않았다.

"이노스케 씨는 이거랑 똑같다고, 시노부 님이 그러셨어요."

"무책임하구만, 코쵸우 님도."

키요에 말에 고토가 딴죽을 걸고, 모두가 웃었다.

"그에 대해 고민하는 게 귀찮아지신 것 아닐까? 내려와!"

아오이가 생각에 잠긴 듯한 이노스케의 팔을 잡아당겼지만, 이노스케는 뭔가 깨달았다는 듯이 별안간 웃음을 터트렸다.

"한마디로 난 불사신이라는 뜻이지!! 와하하!"

"아니, 그건 아니고. 바보겠지."

"누구더러 바보래? 이놈의 자식이~!!"

고토에게 달려드는 이노스케에게 스미가 "이러지 마세요!"라며 비명을 질렀다.

아오이가 다시 황급히 그의 몸을 잡아당겨서 떼어 냈다.

"당신은 독도 잘 안 듣지만, 약도 잘 안 들으니까 조심해야 된다고 시노부 님도 그러셨잖아!! 이렇게 금세 까먹는다니까!!"

"시끄러~ 잡아당기지 마~ 땅꼬마!!"

"뭐라구요?! 별 차이도 없으면서!!"

버럭버럭 말다툼을 시작한 두 사람을 카나오가 안절부절못하며 번갈아 봤다.

"조, 조용히 해… 조용히."

들리지 않는 듯한 두 사람에게 카나오는 용기와 목소리를 짜냈다.

"탄지로 잠들었으니까 조용히 해!"

퍼뜩 놀라서 쳐다보니 탄지로가 새근새근 잠들어 있었다.

"앗~!! 이 자식, 또 혼수상태다!!"

"재수 없는 소리하지 마!!"

조용히 하라는 아오이의 목소리도 이노스케 못지않게 컸다.

그런 두 사람을 뒤로 하면서 키요가 카나오에게 손짓했다.

"카나오 씨, 미음 만들러 가시죠."

"응."

"빨리 회복돼서 많이 먹을 수 있게 되면 좋겠네요."

스미의 말에 카나오도 웃으며 끄덕이고는 한 번 더 탄지로를 바라봤다.

잠든 그의 얼굴은 평온해서, 이제야 정말로 큰 고비를 넘겼다는 느낌이었다.

그리고 딱 일주일 후.

탄지로는 부활해서 회복 훈련에 들어갔고, 이노스케는 임무에 복귀했다.

그 소식은 고토에게도 전해졌고, 그 역시 탄지로 일행의 회복 속도에 살짝 식겁하면서도 비로소 마음을 푹 놓았다.

나비 저택 도장에서 세 소녀들의 도움을 받아 유연 운동을 하던 탄지로는 "끄응~" 하고 신음했다.

"분하다… 역시 체력이 좀처럼 돌아오질 않네."

다리를 활짝 벌리고 상체 숙이기. 나호가 있는 힘껏 등을 눌러 줘도 배가 바닥에 딱 붙지를 않았다. 지난 두 달 동안 몸이 상당히 굳어 버린 모양이었다.

역시 기초부터 다시 단련해야 할 듯했다.

"참! 내가 잠들어 있는 동안, 혹시 칼 도착하지 않았어? 칼날이 좀 나간 건데."

탄지로의 팔을 잡아당겨서 등을 젖혀 주던 나호가 어째선지 뜨끔 놀라며 얼굴을 굳혔다.

"읏! …칼이요? 칼…."

"하가네즈카 씨가 보낸 편지는 와 있어요. 보… 보실래요?"

옆에서 차를 준비하던 키요가 긴장된 표정으로 물었다.

하가네즈카는 탄지로의 칼을 벼려 주는 도공(刀工)의 이름이다.

키요에게 건네받은 편지지를 펼쳐 본 탄지로는 경악했다.

굽이치는 글자. 여기저기 튀어 있는 먹물 자국.

【너한테 줄 칼은 없다.】

첫 번째 장에는 큼직한 글씨로 그렇게 적혀 있었다.

이어서 두 번째 장은 한가운데에 커다랗게,

【저주하리라.】

…그리고 주변의 여백에도 빼곡히,

【용서 못 해 용서 못 해 용서 못 해 용서 못 해.】

세 번째 장에도 깨알 같은 글씨들이 촘촘히,

【밉다 저주한다 꼴 보기 싫다 밉다.】

하가네즈카의 분노를 고스란히 내뿜고 있었다.

"이건… 큰일인데…?"

핏기가 싹 가신 탄지로에게 키요도 창백한 얼굴로 동의했다.

"그렇죠…? 기간이 두 달이나 있었는데도, 칼은 도착하질 않고…."

"끄, 끄~응…."

탄지로는 머리를 감싸 안았다.

"이번엔 칼날만 좀 나간 것뿐이지만… 지난번엔 부러뜨렸으니…."

스미는 튀김 센베이가 담긴 간식 그릇을 밥상에 내려놓으면서 고개를 갸웃거렸다.

"칼이 파손되는 건 흔한 일인데… 하가네즈카 씨가 좀 까다로운 분이시네요…."

"마을 쪽에 가 보는 건 어떨까요? 직접 만나서 얘기하는 게 좋지 않을지."

곧바로 튀김 센베이를 와삭와삭 오독오독 먹으면서 키요가 말했다.

"마을?"

"도공 여러분이 사는 마을이요."

"어? 가도 돼?"

탄지로의 눈이 휘둥그레졌다.

며칠 후.

여행 갈 채비를 하고 네즈코가 든 상자를 짊어진 탄지로는 나비 저택의 문 앞에 서 있었다.

"처음 뵙겠습니다. 큰 어르신의 허가가 떨어졌으니, 제가 안내해 드리겠습니다."

마중을 나온 이는 은이었다. 목소리나 눈가의 분위기를 보아 아마도 여성 같았다.

탄지로는 허리를 꾸벅 숙여서 인사했다.

"처음 뵙겠습니다! 카마도 탄지로라고 합니다. 잘 부탁드립니다."

"안내역이라는 사정상, 이름은 밝힐 수 없지만, 잘 부탁드립니다."

여성 은 대원은 "그럼 이걸."이라고 말하면서 뭔가를 내밀었다.

"이건…?"

"눈가리개와 귀마개예요. 마을은 은닉되어 있거든요. 그리고 당신은 제가 업고 갈 거라서요."

"네엣?"

"더욱이 코가 밝다는 당신은 코마개까지."

느닷없이 콧구멍에도 가늘게 꼰 천 조각이 푸욱 하고 꽂혔다.

그녀의 설명에 의하면 마을이 있는 장소는 아무도 모른다고 한다.

도깨비에게 습격당하는 걸 막기 위해서다.

물론 이 여성도 장소를 모른다. 그녀가 탄지로를 데려가는 건 도중까지고, 거기서 다른 은에게 인계한다.

즉, 여러 명의 은이 릴레이 형식으로 운반하는 것이다. 그런 상태에서 가는 길의 순서도, 은 대원들도 빈번하게 변경된다.

은은 다음 은이 있는 곳까지 귀살대의 연락 담당인 까마귀의 안내를 받는데, 그 까마귀도 역시 빈번하게 교체된다.

참고로 큰 어르신이 계신 저택… 귀살대 본부는 훨씬 더 복잡한 방법으로 은닉되어 있다고 한다.

'머리 좋은 사람은 굉장하구나…!'

수많은 은들의 등에서 등으로 옮겨 타면서 탄지로는 그저 감탄할 뿐이었다.

"감사합니다! 수고하셨습니다! 잘 부탁드립니다!"

인계될 때마다 탄지로는 큰 소리로 이전 은에게 감사를 표하고, 다음 은에게도 인사를 해서 그들은 모두 내심 흐뭇해했다고 한다.

그리고 얼마나 지났을까.

"풀어 드릴게요."

몇 번째인지도 모를 은의 등에서 내려지고, 귀마개와 눈가리개로부터 마침내 해방됐다.

"와아~!!!"

그곳은 짙은 녹음으로 둘러싸인 산골 마을이었다. 울퉁불퉁한 바위가 눈에 띄는 좁은 골짜기에 으리으리한 목조 건물이 죽 늘어서 있었다. 큰 마을에서도 보기 드문 3층짜리 건물들이 즐비했다.

"굉장한 건물이네요!!"

탄지로는 코마개를 뽑고 숨을 크게 들이마셨다.

깊은 산속 나무들의 냄새. 도공들의 마을다운 쇳덩이 냄새.

그리고 그보다도 진한 유황 냄새.

"심지어 이 냄새, 근처에 온천이 있나 본데?"

"있어요."

은은 생글생글 웃으며 대답한 뒤, 안채와 별채가 복도로 연결된 커다란 건물 쪽을 손가락으로 가리켰다.

"저기서 왼쪽으로 꺾은 곳이 촌장님 댁입니다. 가장 먼저 인사하세요."

"네!"

"전 이만 가 보겠습니다."

은이 고개를 숙였다. 탄지로 역시 공손하게 인사하면서 마음을 담아 크게 외쳤다.

"감사합니다!!"

그 목소리는 메아리가 되어 산속에 울려 퍼졌다.

"…응? 감사의 메아리 소리가 들려오네?"

마을 깊숙이 위치한 노천 온천에서 느긋하게 몸을 담그고 있던 한 여성의 귀에도 그 목소리는 들려 왔다.

"누군가 왔나? 왠지 가슴이 두근두근 설레는걸?"

땋아 내린 긴 분홍색 머리카락은 중간부터 연둣빛을 띠었다. 체온이 올라서 상기된 새하얀 뺨.

풍만한 가슴과 매끄러운 피부를 지닌 그 여성은 귀살대의 연주 칸로지 미츠리였다.

귀멸의
칼날

제 3 화 비밀 이야기

촌장의 저택 응접실에는 오뚝이 가면을 쓴 남자들이 기다리고 있었다.

지금까지 만난 도공들도 모두 오뚝이 가면을 착용했으므로 분명 그런 규칙이 있는 것이리라.

"어서 오너라, 반갑구나. 내가 이 마을의 촌장인 텟치카와하라 텟친이다. 잘 부탁한다."

두 명의 오뚝이 가면을 양옆에 거느리고 상석에 오도카니 앉은 사람은 입이 극단적으로 삐죽 튀어나온 가면을 쓴, 아주 아담한 노인이었다.

"내가 이 마을에서 제일 작고 제일 높거든? 그러니 다다미에 이마가 닿을 정도로 고개를 푹 숙이거라."

탄지로는 그의 말대로 네즈코가 있는 상자를 등에 짊어진 채 다다미 바닥에 이마를 쿵 박으며 말했다.

"카마도 탄지로라고 합니다! 잘 부탁드립니다!"

"아이고~ 착한 아이로구나. 이리 오렴. 막대 과자를 주마."

텟친은 막대 과자가 수북이 담긴 나무 그릇을 내밀었다.

"고맙습니다!"

순순히 받아들어 와삭와삭 먹기 시작한 탄지로를 바라보면서 텟친은 본론을 꺼냈다.

"호타루 말인데, 지금 행방불명이라 우리도 찾고 있으니 좀만 참아 다오."

"호타루?"

"그래, 하가네즈카 호타루."

탄지로의 담당 도공인 하가네즈카의 이름은 호타루*라는 모양이었다.

"귀여운 이름이네요!"

※호타루 : 반딧불이라는 뜻.

“내가 지어 준 이름이란다. 너무 귀엽다고 본인한테는 욕을 얻어먹었지.”

“그건 좀 슬프네요.”

“그 아인 원래 어릴 때부터 성격이 그 모양이었어. 걸~핏하면 성질을 부리며 어딘가 가 버리지.”

미안하다고 사과하는 텟친의 가늘고 긴 오뚝이 가면의 입에서 한숨이 새어 나왔다.

“아닙니다, 무슨 그런 말씀을! 제가 칼을 부러뜨리거나 툭하면 칼날이 나가게 만들어서.”

“아니. 그렇지 않아.”

방금 전까지와는 전혀 다르게 텟친은 낮은 목소리로 말했다.

명랑하고 친근하던 분위기가 순식간에 바뀌었다.

“그렇게 잘 부러지는 무딘 칼을 만든 그 아이 잘못이다.”

자그마한 체격에서 발산되는 위압감이 주위의 공기를 찌르르 진동시키는 것 같았다.

그것은 장인의 긍지. 그리고 검객에게도 뒤지지 않는 각오.

탄지로는 숨을 삼켰다.

몇 초간의 침묵 후에 텟친의 왼편에 앉아 있던 남성이 긴장

된 분위기를 풀려는 듯이 주먹을 부웅 휘둘렀다.

"찾아내는 즉시 냅다 잡아서 끌고 올 테니 안심하세요."

"너무 난폭한 짓은…."

흉흉한 발언에 놀란 탄지로였지만, 텟친이 그의 말을 끊고 다시 단호히 말했다.

"너도 아직 도깨비 사냥을 나갈 수 있을 만큼 몸이 회복되지 않았다고 들었다. 그때까지 호타루가 칼을 벼리지 않을 시엔 다른 사람을 네 도공으로 삼겠다. 우리 마을 온천은 약해진 몸에 효과가 그만이니, 느긋하게 지내도록 하렴."

말투는 상냥하지만 반론은 듣지 않겠다는 분위기였다.

'싸움 나면 안 되는데….'

탄지로는 걱정하면서 촌장의 저택을 뒤로 했다.

"이 언덕 위에 온천이 있습니다."

역시나 오뚝이 가면을 쓴 남자가 삼나무 숲으로 길게 이어진 돌계단을 가리키며 안내했다.

"전 이 밑에서 식사 준비를 해 놓을 테니 다녀오세요."

아닙니다, 무슨 그런 말씀을!
제가 칼을 부러뜨리거나 툭하면 칼날이 나가게 만들어서.
아니.
그렇지 않아.

그렇게 잘 부러지는 무딘 칼을 만든 그 아이 잘못이다.

"네."

탄지로는 남자와 헤어져 돌계단을 오르기 시작했다.

그때 위쪽에서 들어 본 적 있는 여성의 목소리가 들려왔다.

"아~앗!!! 탄지로다! 탄지로~!!"

손을 힘차게 흔들며 내려오는 사람은 연주 칸로지 미츠리가 아닌가.

움직임이 하도 격렬해서 입고 있는 꽃무늬 유카타의 앞섶이 흐트러지고 말았다.

"앗, 조심하세요!! 그러다 가슴이 다 보이겠어요!! 위험해!!"

다급히 주의를 줬지만, 미츠리는 조금도 신경 쓰지 않고 울면서 탄지로에게 달려왔다.

"내 말 좀 들어 봐, 내 말 좀~!! 나 방금 저기서 무시당했어~! 인사했는데 무시당했어~!"

으앙~!! 하고 울음을 터트리며 주저앉았다.

"누구한테요?"

"몰라~~!!! 그래서 이름을 물어봤는데, 무시하는 거 있지? 너무하지 않아? 난 주(柱)인데~!!"

손을 파닥파닥 휘두르더니 급기야는 얼굴을 감쌌다.

"목욕하고 기분 좋았는데, 흥이 다 깨졌어!!"

탄지로보다도 서너 살은 많을 텐데도 미츠리는 어린아이처럼 훌쩍거렸다. 그래서 탄지로도 무심코 여동생을 달랠 때 꺼낼 법한 말을 그녀에게 건네고 말았다.

“이제 곧 저녁밥이 다 된대요. 송이버섯밥이라던데.”

“뭐어~?!! 정말~?!”

방금까지 울던 사람은 어디로 간 것인지. 미츠리는 환하게 웃으며 고개를 들었다.

순식간에 기운을 차리고는 오래된 유행가를 흥얼거리면서 돌계단을 달려 내려갔다.

‘먹보….’

그런 미츠리를 배웅한 다음 탄지로는 다시 돌계단을 오르기 시작했다.

‘와아~ 넓다!!’

온천은 생각한 것보다도 널찍했다. 천연의 바위로 둘러싸인 소박한 노천 온천이었다.

탄지로가 네즈코가 있는 상자를 그 자리에 내려놓고 두루마기를 벗으려 한 그때.

“아얏!”

뭔가 작고 단단한 물체가 날아왔다.

이마에 톡 부딪히고 튕겨 나간 그것을 손바닥으로 받아 낸 탄지로는 깜짝 놀랐다.

'앞니.'

아직 피가 묻어 있는 인간의 앞니.

'이빨 분실물…!!'

당황해서 그것이 날아온 쪽을 쳐다봤다.

노천 온천의 수증기 속에 이쪽을 등지고 선 흉터투성이 나체가 보였다.

저 사람이 아까 미츠리를 무시했다는 상대일까?

젊은 남자였다. 탄지로보다 체구가 상당히 컸고, 측면을 빡빡 민 특징적인 머리 모양.

아는 사람이었다. 저 사람은 탄지로와 함께 귀살대의 최종 선별 시험을 치른 동기.

그렇다. 전에도 나비 저택 복도에서 스쳐 지나간 적이 있었다.

'스미가 알려 준… 이름.'

그의 이름은.

"시나즈가와 겐야!!"

그렇게 말을 걸자 겐야는 뒤를 돌아보자마자 소리쳤다.

"나가 죽어!"

느닷없는 욕설. 그러나 그런 일로 기죽을 탄지로가 아니었다.

기세 좋게 옷을 벗어 던지고 알몸이 되어 온천에 뛰어들었다. 단숨에 거리를 좁히고 물속에서 좌악 하고 고개를 내밀어 속사포처럼 말을 쏟아 냈다.

"오랜만이야!! 그간 잘 지냈어?! 풍주(風柱)랑 성이 같구나!!"

"말 걸지 마!!"

풍덩!!

겐야는 갑자기 화를 버럭 내면서 탄지로의 머리를 잡아 물속으로 처박았다. 그리고는 요란하게 첨벙첨벙 물소리를 내면서 온천 밖으로 나가 버렸다.

"……."

남겨진 탄지로는 하는 수 없이 혼자서 몸을 담갔다.

"…알몸 교류로 친해질 수 있을 줄 알았는데…. 인간관계란 참 어렵구나…."

해도 저물어서 주변은 이미 어둑해졌다. 겨우 상자 밖으로

시나즈가와
겐야!!
나가
죽어!
오랜만
이야!!
그간
잘 지냈어?!
풍주
(風柱)랑
성이
같구나!!
휙
휙
까악!

나올 수 있게 된 네즈코가 작은 어린아이 모습인 채로 즐겁게 온천물 속에서 헤엄쳤다.

"굉장하네요!!"

탄지로는 솔직하게 탄성을 질렀다.

온천에서 돌아와 안내받은 숙소로 가 보니 이미 식사가 준비되어 있었다. 그곳에서는 칸로지 미츠리가 먼저 식사 중이었는데, 그 양이 어마어마했다.

수많은 접시와 밥그릇이 밥상 위에 산더미를 이뤘고, 다 올리지 못해서 다다미 바닥에까지 넘쳐났다. 전부 깨끗이 비워져 있었다. 씨름선수도 이만큼은 먹지 못하리라. 대체 몇 인분의 식사인지도 가늠이 가질 않았다.

"그래? 오늘은 그렇게까지 많이 안 먹었는데."

미츠리는 부끄러운지 뺨을 붉게 물들였다.

"저도 많이 먹고 강해질래요!!"

그렇게 말하자 미츠리는 기쁜 얼굴로 웃었다.

"참, 칸로지 씨가 온천에서 만난 사람은 시나즈가와 겐야라는 제 동기였어요."

"뭐?! 그랬구나~…."

미츠리는 놀랐다가 슬픈 듯이 눈썹을 내려트렸다.

"시나즈가와 씨의 남동생이지?"

그녀와 같은 귀살대 주의 일원 풍주 시나즈가와 사네미.

탄지로도 겐야와 성이 똑같다고는 생각했는데, 역시 형제인 모양이었다.

"근데 시나즈가와 씨는 남동생이 없다고 했어. 사이가 안 좋은가 봐. 좀 애처롭네."

"그런가요…? 왜 그러지?"

탄지로도 자신의 동생들을 떠올리자 슬픈 마음이 들었다.

그때 네즈코가 밥상 밑에서 얼굴을 빼꼼 내밀었다. 오늘은 한층 더 자그마한, 3살쯤 되는 아이의 모습으로 미츠리에게 다가갔다.

미츠리는 도깨비인 네즈코를 전혀 꺼리는 기색 없이 평범한 아이 대하듯 미소를 짓고는 그녀를 다다미 바닥에 발라당 눕혔다.

"우리 집은 5인 남매인데, 다들 사이가 좋거든. 이해가 잘 안 가서, 시나즈가와 형제가 좀 무섭다는 생각이 들었어~"

발바닥이나 겨드랑이 아래를 간지럽히자 네즈코는 꺄르륵 소리를 내며 웃었다.

“아휴, 귀여워라~”

“겐야는 아직도 안 오네요. 본인이랑 조금이라도 얘기할 수 있으면 좋을 텐데.”

“걔는 안 온다던데? 식사를 전혀 안 한다고 마을 사람들이 그랬어. 뭔가 가져왔나?”

네즈코의 머리를 쓰다듬으면서 미츠리는 고개를 갸웃거렸다.

“…괜찮나? 나중에 주먹밥이라도 가져다줘야지.”

“응! 그러자.”

미츠리는 완전히 친해져서 매달리는 네즈코를 다정하게 안고 자리에서 일어났다.

또 유행가를 흥얼거리면서 그녀는 네즈코의 손을 잡고 한밤중의 툇마루를 걸어갔다.

어쩐지 다가가기가 어려운 다른 주들에 비해 미츠리는 명랑하고 다정해서 정말로 어디에서나 볼 법한 평범한 여성 같았다.

“칸로지 씨는 왜 귀살대에 들어오셨어요?”

문득 궁금해진 탄지로가 묻자, 미츠리는 어째선지 뺨을 새빨갛게 물들이더니 몸을 배배 꼬면서 망설이기 시작했다.

"어? 나? 좀 부끄러운데~ 어어~ 어떡하지? 들어 볼래? 실은…."

미츠리는 큰맘 먹은 듯이 말했다.

"백년해로할 남자를 찾기 위해서야!!"

꺄악~ 하고 부끄러워하는 미츠리를 탄지로는 멍하니 바라봤다.

백년해로할 남자?

요컨대 결혼 상대를 찾기 위해서란 말인가?

"역시 자기보단 강한 사람이 좋잖아, 여자라면! 날 지켜 줬으면 좋겠거든! 이해해? 이 심정! 남자는 이해하기 좀 어려운가?"

귀살대 대원이 되기 위한 수행은 혹독하다. 불사신인 도깨비와 겨룰 수 있는 '전집중의 호흡'을 익히는 것이 최소한의 조건인데 그것만으로도 죽을 만큼 힘들고, 나아가 정식 대원이 되기 위해서는 목숨을 건 시험에 합격해야만 한다.

그리고 주가 되려면 도깨비를 50명 이상 쓰러트리거나 십이귀월을 토벌하는 것이 조건이었다.

"알다시피 주들은 강하잖아. 근데 좀처럼 만날 수가 없거

든. 본인도 주가 되지 않으면! 그래서 나 엄청 노력했어.”

탄지로는 무슨 말을 해야 할지 몰라서, 그저 멍하니 미츠리의 이야기를 듣고만 있었다….

주먹밥을 주러 왔건만 겐야가 묵는다는 방은 텅 비어 있었다.

“겐야가 없네~?”

미츠리가 아쉽다는 투로 말했다.

“칸로지 님.”

그때, 말을 건 사람은 은의 제복을 입은 한 명의 여성이었다.

“이제 곧 칼갈이가 끝난다고 합니다. 마지막 조정을 위해 공방 쪽으로 와 주십사 하고….”

“어머나…. 이만 가 봐야 되겠네.”

미츠리는 눈썹을 축 내려트리고 탄지로를 바라봤다.

“신경 쓰지 마세요! 제가 배웅해 드릴게요.”

“괜찮아. 아마 밤늦게 떠나게 될 테니까.”

“아니. 그래도. 그러세요…? 으음….”

“탄지로. 다음번에 또 살아서 만날 수 있을지는 모르겠지만, 힘내자.”

주저하는 탄지로에게 미츠리는 미소를 지으며 격려의 말을 건넸다.

"넌 상현 도깨비와 싸워 살아남았어. 그건 굉장한 경험이야."

서운한 기색인 네즈코의 눈높이에 맞춰서 쪼그려 앉은 미츠리는 네즈코의 머리를 쓰다듬어 주며 말했다.

"실제로 체험해서 손에 넣은 건 그 어떤 것보다 큰 가치가 있거든… 5년, 10년 분량의 수련에 필적하지. 지금의 탄지로는 예전보다 훨씬, 훨씬 더 강해졌을 거야."

귀살대 최강인 9명의 주들 중 한 명답게 그렇게 말한 뒤에 미츠리는 웃었다.

"칸로지 미츠리는 카마도 남매를 응원하고 있어~"

주변까지 포근하고 환해지는 듯한 미소였다. 네즈코도 기뻐 보였다.

"고맙습니다."

아마도 주들 중에는 지금도 네즈코의 존재를 탐탁지 않게 여기는 사람도 있을 것이다. 탄지로는 미츠리의 말을 기쁘게 여기면서 다시 한번 굳은 맹세를 하듯이 대답했다.

"하지만 아직 멀었어요. 저는 우즈이 씨 '덕분에 이긴' 것뿐이니까. 더욱, 더더욱 노력할 거예요. 키부츠지 무잔을 이기기 위해!"

미츠리는 순간 눈을 동그랗게 떴다가 마치 사랑에 빠진 것처럼 뺨을 새빨갛게 물들였다.

이렇게 사소한 일에도 가슴이 찡해지고 설레는 성질이야말로 '연주' 칸로지 미츠리의 특징이며, 그녀가 다루는 '사랑의 호흡'의 원동력이지만, 탄지로는 그걸 알지 못했다.

"탄지로는 오래 머물러도 된다는 허가가 떨어졌지?"

"아, 네에. 일단은…."

미츠리는 여성 은 대원 쪽을 힐끗 쳐다보더니 그녀에게 들리지 않게 하려는지, 살며시 탄지로 옆에 다가가 귓가로 입을 가져갔다.

"이 마을에는 사람을 강하게 만들어 주는 비밀 무기가 있대. 한 번 찾아봐."

목욕을 마친 미츠리에게서는 좋은 향기가 났다. 연분홍빛 피부와 상냥한 목소리.

"그럼 잘 있어!"

몸을 빙그르 돌려서 여성 은 대원과 함께 멀어지는 미츠리.

그녀의 그 달콤한 매력에 탄지로도 조금은 머릿속이 아찔해졌다.

속닥
이 마을에는 사람을 강하게 만들어주는 비밀무기가 있대.
속닥
한 번 찾아봐.
따닷
그럼 잘 있어!
…….
푸-학

푸학 하고 뿜어져 나온 코피가 주먹밥에 닿지 않도록 들고 있던 쟁반을 후다닥 머리 위로 치켜올리는 오빠를 네즈코가 깜짝 놀란 표정으로 올려다봤다.

"칸로지 씨가 말한 무기라는 게 뭘까?"

이튿날 아침, 탄지로는 네즈코가 든 상자를 짊어지고 마을 주변의 삼나무 숲을 걷고 있었다.

"역시 칼일까? 혹시 땅에 파묻혀 있나? 보물찾기 같아서 두근두근 설레는걸?"

이른 아침의 산골 마을은 바람도 상쾌해서, 산에서 자란 탄지로에게는 고향의 그리움을 불러일으켰다.

"여긴 무척 좋은 곳이지만 온천 냄새가 너무 강해. 으~음, 체력이 온전치 못한 것도 코가 잘 안 듣는 원인 중 하나야."

탄지로는 무심결에 코를 문질렀다.

"하가네즈카 씨를 빨리 찾아야 되는데…. 응?"

나무숲 너머로 누군가의 말소리가 들려서 탄지로는 걸음을 멈췄다.

"어린애?"

10살 정도 되는 소년은 이 도공 마을의 주민일 것이다. 작업복 위로 등에 '火男(오뚝이)'라고 적힌 겉옷을 걸쳤고, 다른 이들과 마찬가지로 오뚝이 가면을 쓰고 있었다.

"그리고, 다른 한 사람은…."

그와 마주 보고 서 있는 사람은 귀살대 대원 같았다. 이쪽 역시 소년이라고 불러도 될 나이대였다. 탄지로와 동갑이거나 조금 더 어릴지도 모른다.

"어라? 분명 주(柱)인…."

품이 넓은 소매와 바짓자락이 독특한 대원복, 검고 긴 머리카락. 전에 주합회의에서 본 적이 있었다.

나중에 시노부에게서 들은 주들의 이름….

"뭐라고 했더라? 시노부 씨가…. 오, 그래."

고작 14살… 최연소 나이로 주가 된 천재 검객.

'하주(霞柱)… 토키토 무이치로.'

"어딘가 딴 데로 가 버려!! 무슨 일이 있어도 열쇠는 안 줄 거야! 사용법도 절대 안 알려 줄 거고!!"

소리친 사람은 오뚝이 가면의 소년 쪽이었다.

'뭐지? 혹시 싸우고 있는 건가? 어떡하지?'

엿듣는 건 안 좋은 짓이다. 하지만 싸움이라면 중재를 해야 했다.

탄지로가 갈팡질팡하는 동안 무이치로가 한 손을 슥 올렸다.

"?!"

다음 순간, 그는 날카로운 손날을 소년의 뒷덜미를 향해 내리쳤다. 소년은 맥없이 그 자리에 쓰러졌다.

무이치로는 표정 하나 바꾸지 않고 축 늘어진 그의 멱살을 잡아 일으켰다.

견딜 수 없어진 탄지로는 달려들었다. 무이치로의 팔을 잡아 큰 소리로 호통을 쳤다.

"안 돼…!! 뭐 하는 짓이야?! 이 손 놔!!"

"목소리가 너무 커…. 누구지?"

무이치로는 눈살을 살짝 찌푸릴 뿐이었다.

"어린애를 상대로 뭐 하는 짓이야…?! 손을…."

큭 하고 탄지로는 신음했다. 어떻게든 소년의 멱살에서 무이치로의 손을 떼어 내려 했지만, 꿈쩍도 하지 않는 것이다.

'나보다 팔도 가늘고 덩치도 작은데…!!'

"너나 손 놔."

하주(霞柱)

말을 마치자마자 무이치로의 반대쪽 팔꿈치가 빼억 하고 탄지로의 명치에 명중했다.

"……!!"

그대로 주저앉아서 참지 못하고 토사물을 쏟아낸 그를 내려다보면서 무이치로는 무덤덤하게 말했다.

"엄청 약하구나? 용케 귀살대에 들어왔네…. 응?"

그리고 네즈코의 상자 쪽으로 시선을 돌렸다.

"그 상자, 이상한 느낌이 드는데? 도깨비의 기운인가…? 뭐가 들어 있지? 그 상자…."

상자로 뻗는 손을 탄지로는 단호히 쳐 냈다.

"만지지 마."

진심으로 분노한 나머지 노려봤다.

무이치로가 맞아서 얼얼한 왼손을 멍하니 쳐다보는 틈을 타서 탄지로는 그의 손아귀에서 소년을 빼앗아 말을 건넸다.

"괜찮아?"

"이, 이거 놔!"

"눈이 팽팽 돌아갈 텐데. 위험해."

"저리 가!!"

자신을 걱정하는 탄지로에게까지 화를 버럭 내면서 소년은 무이치로 쪽을 보고 말했다.

"여, 여, 열쇠는 아무한테도 안 줄 거야. 고문당해도 절대…. '그것'은 이제 다음번에 고장 날 거라고!!"

부들부들 떨면서 말하는 그에게 무이치로는 차갑게 내뱉었다.

"고문 훈련은 받고 있고? 어른들도 거의 견딜 수 없는데, 너는 당연히 무리지. 도가 지나치게 멍청한 아이 같구나."

소녀처럼 예쁘장한 얼굴에서는 아무런 감정도 보이지 않았다.

"고장 나니까 뭐? 다시 만들면 되잖아? 네가 그런 식으로 시답잖은 소릴 주야장천 늘어놓고 있는 사이에 몇 명이나 죽어 나가고 있는지 알아?"

"?!"

소년도 탄지로도 숨을 삼켰다. 무이치로는 말을 이었다.

"주를 방해한다는 건 그런 뜻이라고. 주의 시간과 너희의 시간은 그 가치가 전혀 달라. 조금만 생각해 보면 알 수 있을 텐데? 도공은 싸우지 못해. 사람 목숨도 구할 수 없어. 무기를 만드는 것밖에 아무 능력이 없으니까."

할 말을 잃고 그 자리에 가만히 서 있는 소년을 차가운 눈으로 내려다보면서 "내놔. 열쇠…."라고 무이치로는 손을 불쑥 내밀었다.

"자신의 입장을 똑바로 이해하며 행동해. 무슨 갓난아기도 아니고."

소년은 벌벌 떨고 있었다. 공포심에 몸이 굳어 버린 듯했다.

더는 참을 수 없었다.

철썩!

탄지로는 무이치로가 소년을 향해 내민 손바닥을 맨손으로 있는 힘껏 후려쳤다.

"뭐 하는 짓이지?"

무이치로는 무표정한 얼굴로 물었다. 탄지로는 소리쳤다.

"이건 뭔가… 이건… 너무 싫어!! 뭐지?"

가슴속의 답답함을 필사적으로 설명하려고 양 손가락을 꼬물거리면서 격앙된 목소리로 말했다.

"배려인가?! 배려심이 없어서 너무 잔혹해요!!"

"이 정도가 잔혹하다고? 넌…."

"그래, 옳아!! 당신이 하는 말은 대체적으로 다 옳지만! 틀린 건 아니지만!"

그래도 역시 이상했다.

"도공의 일은 매우 중요하고 소중해요! 검객과는 또 다른, 엄청난 기술을 가진 사람들이라고! 왜냐하면 실제로 칼을 벼려 주지 않으면 우린 아무것도 못 하니까!"

검객과 도공은 서로가 서로를 필요로 하는 사이라고 탄지로는 외쳤다.

"싸우고 있기는 둘 다 마찬가지고! 우린 각자의 자리에서 하루하루 싸우며…."

"미안하지만."

무이치로는 조금도 관심 없다는 듯이 탄지로의 말을 가로막았다.

"시답잖은 이야기에 장단 맞춰 줄 시간 없어."

퍼억!

다음 순간, 무이치로의 손날이 날아오고… 탄지로는 의식을 잃었다.

제 4 화 요리이치 영식(零式)

“어떡하지? 나 혼자서 아래까지 옮길 수 있을까…?”

소년의 목소리가 들렸다.

“아니, 내가 옮길게. 조금만 더 있다가 끝내 안 일어나면….”

대답하는 쪽은 성인 남자의 목소리였다.

귀에 익었다. 이 목소리, 이 사람은….

“응? 눈꺼풀이 꿈틀거리기 시작한다!! 이 녀석, 일어나겠어!! 그럼 간다!”

탄지로는 눈을 떴다. 그리고 몸을 벌떡 일으켰다.

그 오뚝이 가면의 소년이 자신을 걱정스럽게 바라보고 있었다.

“앗. 괜찮으세요? 갑자기 일어나지 않는 편이….”

“하가네즈카 씨 여기에 있었어?”

탄지로는 큰 소리로 물었다.

그렇다. 방금 그 목소리는 탄지로의 담당 도공인 하가네즈카의 목소리였다는 느낌이 들었다.

“방금 여기에 있지 않았나?”

“아, 아뇨. 없었는데요.”

“그래? 기분 탓인가…?”

소년이 고개를 돌리고 휘파람 부는 것으로 보아 얼버무리고 있는 게 분명했지만, 그 말을 곧이곧대로 믿은 탄지로의 어깨가 축 내려갔다. 그리고 한 박자 늦게 무이치로의 모습이 보이지 않음을 깨달았다.

“주는?!”

“열쇠를 넘겨줬더니 가 버렸어요.”

“넘겨줬구나…? 넘겨주는 수밖에 없을 것 같은 분위기더라니….”

탄지로는 손날로 맞은 목덜미를 누르면서 얼굴을 찡그렸다.

“뭐, 사정도 잘 모르는 내가 왈가왈부할 일은 아니지만….”

"아뇨, 무슨 그런 말씀을! 기뻤어요. 일면식도 없는 저를 두둔해 주셔서…. 고맙습니다."

"아냐아냐, 별로 도움도 안 됐는걸…."

서로 고개를 꾸벅이며 인사했다.

"결국 그 열쇠라는 건 무슨 열쇠였어?"

탄지로가 묻자, 돌아온 것은 예상치 못한 단어였다.

"기계인형이요."

"응? 기계인형?"

"네. 저희 조상이 만든 물건인데, 108가지 동작을 할 수 있어요."

"호오~!! 굉장한데?"

"인간을 능가하는 힘이 있어 전투 훈련에 이용하고 있죠."

탄지로는 놀라서 감동하면서도 그제야 상황을 이해했다.

"그랬구나. 그는 훈련 때문에 그걸…."

어쩌면 그것이 미츠리가 말한 '사람을 강하게 만들어 주는 비밀 무기'일지도 몰랐다.

"네에…. 근데 노후화가 진행되어 곧 망가지게 생겼어요."

소년이 고개를 푹 숙인 그때.

나무숲 안쪽에서 카아앙!! 하는 굉음이 들려왔다.

저게…
……
저희 조상이 만든 전투용 기계인형,
요리이치 영식(零式) 이에요.

"우앗, 뭐지?!"

"아까 그 사람이 벌써…."

소년은 수풀을 헤치고 소리가 난 쪽으로 걸어가기 시작했다.

"이쪽이에요."

그를 따라간 곳에서는 무이치로와 '그것'의 놀라운 싸움이 펼쳐지고 있었다.

나무숲 사이를 헤치고 이리저리 누비는 인간의 모습을 한 무언가.

카카카캉!!

귀청을 찌르는 소리. 기계의 구동음인 것일까.

"저게… 저희 조상이 만든 전투용 기계인형 '요리이치 영식(零式)'이에요."

젊은 남성의 모습을 한 등신대 인형.

긴 머리카락을 하나로 묶고, 기모노에 하카마를 입었다.

사람과 뚜렷하게 다른 점은 팔이 6개 있다는 것이었다.

그 모든 팔에는 칼이 쥐어져 있었다.

'요리이치 영식'은 뛰어오르고, 급속도로 접근하고, 선회하면서 무이치로를 몰아붙였다.

무이치로 역시 종횡무진으로 공격해 오는 6자루의 칼을 피하고, 받아넘기고, 튕겨냈다.

눈을 깜빡일 틈도 없는 달인의 움직임. 인간을 초월한 싸움.

인형의 얼굴은 왼쪽 부분이 크게 파손되어서 박아 넣은 가짜 눈알이 그대로 드러나 있었다.

하지만 그 얼굴을 본 순간.

탄지로는 숨을 삼켰다.

'나 알아….'

본 적이 있는, 저 얼굴.

언제, 어디서?

"손이… 6개 달려 있는 이유는 왜?"

시선을 떼지도 못한 채로 탄지로는 물었다.

"팔이요? 아버지가 말씀하시길… 저 인형의 원형은 실존했던 검객이라는데, 팔을 6개 달지 않고선, 그 검객의 움직임을 재현할 수 없어서 그랬대요."

실존했던 검객.

탄지로가 본 것은 저 사람일까?

'아는 사람 같은데 잘 모르겠네….'

게다가… 저 인형의 귀에 달려서 흔들리는 것은.

탄지로의 것과 똑같은 일륜의 귀고리가 아닌가.

"그 검객이 누군데? 어디서 뭘 하던 사람인데?"

"죄송하지만 저도 그다지 자세한 것까진…. 전국 시대에 있었던 일이라."

소년이 당황하며 대답했다. 탄지로는 몹시 놀랐다.

"저, 전국 시대?!"

오다 노부나가라든지 타케다 신겐 등이 활약했던 시대?

"그건… 3백 년도 더 된 옛날이잖아? 그렇게 오랫동안 고장 나지 않은 거야? 저 인형."

"워낙 굉장한 기술이라 지금의 우리도 따라잡지 못하고 있어요. 고장 나 버리면 더 이상 고칠 수 없죠…."

인형과 무이치로의 격렬한 칼싸움을 소년은 바들바들 떨면서 지켜봤다.

"아버지가 갑자기 돌아가시고, 형제도 없어서… 제가 잘 해야 되는데, 칼에도, 기계 장치에도 재능이 없어서…."

"그래서 그렇게…. 그래. 그랬구나…."

그래서 그렇게나 서슬이 퍼렇게 주에게까지 저항했구나.

탄지로에게도 그 심정이 사무치게 와닿았다.

무이치로의 물 흐르는 듯한 움직임을 탄지로는 그저 멍하니 바라봤다. 그에 대한 분노를 넘어서 이제는 그 훌륭한 검기에 눈을 빼앗겼다.

"저 사람… 대단하다~ 나랑 나이 차이도 별로 안 나는데 주(柱)고… 재능도 있고…."

"그거야 당연하지!!"

느닷없이 높고 날카로운 기묘한 목소리가 뒤에서 쩌렁쩌렁 울렸다.

"저 아이는 '해의 호흡' 사용자의 자손이니까!"

"?!"

깜짝 놀라서 돌아보니, 탄지로의 발밑에서 까마귀 한 마리가 둘을 올려다보고 있었다.

"저 아이는 천재거든!! 너희하곤 차원이 달라. 호호호호!!!"

유난히 속눈썹이 긴 눈매와 말투로 보아 하니 이 까마귀는 암컷인 듯했다.

"토키토의 까마귀니?"

귀살대 대원에게는 한 사람당 한 마리씩 본부와의 연락 담당으로서 꺾쇠 까마귀라고 불리는, 인간의 말을 할 줄 아는 까마귀가 배정됐다.

"해의 호흡이라면 '시작의 호흡'이라는…. 저 아이가 그렇게 대단한 사람이구나…?"

일전에 탄지로는 염주(炎柱) 렌고쿠 쿄쥬로의 아버지인 신쥬로에게 그 이야기를 들은 적이 있었다.

귀살대 대원들이 사용하는 '전집중의 호흡'은 본래 단 하나의 '해의 호흡'으로부터 파생된 것이라고 했다.

그 '해의 호흡'은 어째선지 탄지로의 집안, 카마도 가에 전해 내려오던 '히노카미 카구라'와 똑같다는 것 같았다. 그러나 무이치로의 기술은 그것과 달라 보였다.

"근데 해의 호흡이 아니네? 정작 사용하는 건…."

"닥쳐!! 눈알을 후벼 파 버리겠어!!"

탄지로는 단순히 궁금한 점을 말했을 뿐인데, 까마귀는 무이치로를 무시하는 말로 받아들인 모양이었다. 갑자기 달려들어서는 그 까만 부리로 탄지로의 뺨을 꼬집었다.

"아악~!!!"

아파서 비명을 지른 탄지로였으나, 그 순간 뇌리를 스치는 것이 있었다.

"생각났다. 꿈이야!! 나, 저 사람 꿈속에서 봤어!!"

그렇다.

이 마을에 오기 전… 유곽에서의 전투 후에 나비 저택에서.

길고 긴 혼수상태 기간 중에… 꾸었던 꿈.

"뭐어? 너 바보 아냐?"

어깨에 앉은 까마귀가 한껏 업신여기는 말투로 말했다.

"이 마을에 와 본 적이나 있어? 너무 비현실적이라 웃음밖에 안 나온다. 전국 시대 무사랑 아는 사이다 이거지? 너 몇 살인데?"

흥 하고 비웃자 탄지로는 더 이상 할 말이 없었다.

확실히… 잘 생각해 보면 그런 일이 가능할 리 없을 것 같았다.

"왠지 미안…. 내가 좀 이상하지…?"

"아니에요, 아니에요!!"

시무룩하게 어깨를 내려트린 탄지로에게 소년이 다급히 말을 건넸다.

"그건 기억의 유전 아닐까요? 우리 마을에선 자주 들어 본 얘기예요."

소년은 열심히 설명했다.

"물려 내려오는 건 용모뿐만이 아니다. 생물에겐 기억도 유전된다…. 맨 처음 칼을 만들 때, 그와 같은 장면을 본 기억이 난다거나, 경험했을 리도 없는 사건이 기억에 남아 있거나…. 그런 것들을 기억의 유전이라 불러요. 당신이 꾼 그 꿈은 분명 조상님의 기억일걸요?!"

"비현실적이야. 비이이현실적!!"

까마귀가 소리를 질렀지만, 탄지로는 소년의 말을 듣고 가슴이 매우 뭉클해졌다.

"친절하구나? 고마워…. 난 탄지로라고 해. 네 이름은?"

"전 코테츠라고 해요. 성질 더러운 암컷 까마귀 따윈 굳이 상대하실 필요 없어요."

코테츠 소년이 태연하게 독설을 내뱉은 그때.

콰아앙!! 하고 요란한 소리가 울려 퍼졌다.

화들짝 놀라서 돌아보니, 무이치로가 마침내 요리이치 영식에게 일격을 가한 차였다.

"앗. 갑옷이…."

인형의 어깨에 있던 갑옷이 산산이 부서져서 흩어졌다.

"……!"

그 광경을 본 순간, 코테츠는 부들부들 떨더니 별안간 탄지로에게서 등을 돌리고는 어딘가로 달려가 버리고 말았다.

"코테츠!!"

탄지로는 황급히 그 뒤를 쫓았지만, 재빠른 그는 순식간에 나무숲 속으로 사라졌다.

"코테츠! 찾아낼 수 있어. 난 코가 밝으니까!"

지금은 상태가 약간 좋지 않지만 근처까지 가면 틀림없이 알 수 있을 것이다.

"코테츠! 코테…."

코끝을 스치는 소년의 냄새. 탄지로는 머리 위를 올려다봤다.

"전력을 다해 올라갔구나? 코테츠!!"

하늘을 향해 쭉 뻗은 높은 나무 위. 굵은 가지 위에 웅크려 앉은 코테츠는 울고 있는 듯했다.

"내가 할 수 있는 게 있으면 도와줄게, 인형에 대해! 포기하면 안 돼!!"

탄지로는 나무 밑에서 필사적으로 외쳤다.

"너에겐 미래가 있어. 10년 후, 20년 후의 너 자신을 위해서라도 지금 노력해야 해. 설령 지금 할 수 없는 일도 언젠가는 할 수 있게 되니까."

"…아닐걸요?"

코테츠는 오뚝이 가면을 이마 위로 올려서 흘러넘치는 눈물을 주먹으로 문질러 닦고 있었다.

"나 자신이 못난 놈이라는 걸 알고 있거든요. 내 대에서… 나 때문에 모든 게 끝날 거야."

탄지로는 나무 위로 훌쩍 올라가더니 코테츠의 턱에 있는 힘껏 딱밤을 먹였다.

"아얏?!"

"자포자기하면 안 돼. 너 자신에 대해 그런 식으로 말하지 마…."

소리도 없이 옆에 다가온 탄지로를 보고 코테츠는 깜짝 놀랐다. 탄지로는 한 손으로 나뭇가지를 잡고 매달린 채로 말했다.

"설령 네가 할 수 없다 해도, 다른 누군가가 반드시 계승해 줄 거야. 그러니까 다음 대에 연결하기 위한 노력을 기울여야 해. 설령 네가 할 수 없다 해도, 네 자식이나 손자라면 할 수 있을지도 모르잖아?"

탄지로는 한마디, 한마디에 진심을 담아 말을 건넸다.

"난 키부츠지 무잔을 쓰러뜨리려 하고 있지만, 도깨비로 변한 누이동생을 구해 주려 하고 있지만, 끝내 뜻을 이루지 못하고 중간에 죽을 수도 있어."

"!!"

"하지만 누군가는 반드시 이루어 줄 거라 굳게 믿어. 우리가… 다른 이들 덕에 부지한 목숨으로 상현 도깨비를 쓰러뜨렸듯이, 우리가 연결해 준 목숨이 언젠가는 반드시 키부츠지를 쓰러뜨려 줄 거니까."

그러니까.

"함께 노력하자!"

그렇게 말하며 코테츠의 손을 꽉 움켜쥐었다.

"…응."

코테츠는 아직 울고 있었지만, 콧물을 훌쩍이며 말했다.

"난 인형이 망가지는 걸 보고 싶지 않았지만, 단단히 결심할게요…. 어차피 전투 훈련은 밤까지 갈 거니까, 마음의 준비를 하고 지켜볼래요… 끝까지."

두 사람은 얼굴을 마주 보고 웃었다.

"호오! 코테츠는 10살이구나?"

"네."

두 사람은 원래 장소를 향해 나란히 타박타박 걸어갔다.

자신의 남동생과 비슷한 나이라고 탄지로가 말을 꺼내려던 때였다.

"?!"

갑자기 누군가가 두 사람 사이를 가로질러 갔다.

무이치로였다. 아무런 기척도 없이 다가와서는 두 사람의 존재 따위 보이지도 않는 것처럼 스쳐 지나갔다.

"어? 끝났어요?!"

무이치로는 반사적으로 소리쳤다. 무이치로는 나른하게 걸음을 멈추고 뒤를 돌아봤다.

"끝났어…. 덕분에 좋은 수련이 되었다."

그렇게 말하면서 "누구더라?"라며 고개를 갸웃거렸다. 아까 그렇게 언쟁을 벌였는데, 벌써 잊어버린 것일까?

"아. 맞다."

그제야 기억해 냈는지 무이치로는 코테츠를 쳐다봤다.

"내 칼이 부러졌으니 대신 이 칼 가져간다."

그는 그렇게 말하며 오른손에 든 칼 한 자루를 눈앞에 들어 올렸다.

"……!!"

그 칼의 칼자루에는… 뎅겅 잘린 인형의 팔이 아직 달려 있었다.

그것을 보자마자 코테츠는 고개를 홱 돌리고 뛰어가 버렸다.

"코테츠!!"

뒤를 쫓으려던 탄지로에게 무이치로는 느닷없이 허리에 차고 있던 다른 한 자루의 칼을 던졌다.

"앗!!"

"그것 좀 처분해 줘."

그 말만 남기고는 벌써 이쪽을 등지고 저벅저벅 멀어져 갔다.

칼의 날밑에 맞은 이마를 문지르면서 탄지로는 그 뒷모습을 허탈한 심정으로 바라봤다.

'악의의 냄새는 나지 않아…. 일부러 저러는 건 아니겠지…. 하지만….'

아까 봤던 암컷 까마귀가 무이치로의 어깨에 앉아 탄지로를 돌아보며 얕잡아 보듯이 콧방귀를 뀌는 소리가 들렸다.

'저 까마귀는 전력을 다해 악의를 표하고 있군…. 날 굉장히 깔보고 있어.'

아냐, 아냐. 그런 생각이나 할 때가 아니지. 코테츠를 찾아야 했다.

아마도 기계인형이 있는 곳으로 갔을 것이다.

'코테츠… 코테츠…. 앗, 찾았다!'

코테츠는 땅바닥에 쓰러진 기계인형 곁에 가만히 서 있었다.

칼을 쥔 인형의 팔이 허공을 향해 삐죽 솟은 채로 정지해 있었다. 더 이상 꿈쩍도 하지 않았다.

'…….'

무슨 말을 건네면 좋을까.

아침부터 드문드문 흐렸던 하늘은 점점 먹구름이 짙어지고, 멀리서 천둥소리마저 들려오기 시작했다.

물방울이 톡 하고 떨어지는가 싶더니 눈 깜짝할 사이에 세찬 비가 쏟아졌다.

차가운 빗줄기가 쏴아아아… 하고 움직이지 않는 기계인형에 퍼부어졌다.

고개를 푹 숙이고 그 모습을 지켜보는 코테츠 소년 역시 벌써 홀딱 젖어 버렸다.

"…코테츠."

탄지로는 그에게 다가가 살며시 어깨에 손을 올렸다.

"일단 확인해 보자. 아직 움직이는지 어떤지."

코테츠는 헉 하고 놀라 얼굴을 들었다. 탄지로는 그의 눈을 보고 고개를 힘차게 끄덕였다.

그때부터 두 사람은 힘을 합쳐서 기계인형을 일으켜 세웠다.

똑바로 서게 한 다음, 코테츠가 이곳저곳의 상태를 살폈다.

"…안 움직여…. 역시 더 이상…."

그때… 갑자기 인형의 체내에서 키리리릭! 하는 뭔가가 휘감기는 듯한 소리가 났다.

끼익 소리와 함께 전체가 삐걱거렸다고 생각한 순간, 인형은 남은 5개의 팔을 촤아악! 하고 넓게 벌렸다.

허리를 낮춰서 왼쪽 무릎을 지면에 댄 그 자세는 틀림없이 전투를 준비하는 형태.

"됐다!! 움직였어, 코테츠!! 다행이야…."

탄지로는 기뻐하며 주먹을 번쩍 들었지만, 오히려 코테츠 쪽은 예상과 달리 조용했다.

"…그렇네요."

묵묵히 인형을 응시했다. 그 뒷모습에는 어떠한 결의가 세차게 끓어오르고 있었다.

"탄지로 씨. 이걸로 수련해서… 저 도도한 얼굴을 한 나쁜 자식보다 반드시 강해지세요…!!"

천천히 탄지로를 돌아보는 코테츠의 분노에 호응하는 것처럼, 쿠르르릉… 하는 천둥소리가 울려 퍼졌다.

"전력을 다해 협력…할 테니까…!!"

번쩍! 하고 번개가 치면서 코테츠의 오뚝이 가면이 역광을 받아 빛났다.

탄지로는 주먹을 쳐든 채로 굳었다.

'어…? 지금 당장?'

코테츠는 탄지로의 앞에 성큼 다가왔다.

"탄지로 씨, 꼭 강해지세요. 그리고 그놈한테 이렇게 말해 주세요."

불쑥하고, 또 한 걸음 다가섰다.

"'그 정도밖에 안 되냐? 이 개쓰레기야. 머리가 너무 길어. 잘라, 다시마 머리야. 난쟁이 똥자루. 다리 짧고 못생긴 놈.'"

성큼성큼.

"'할복해라, 수치도 모르는 놈.'"

“아니…! 코테츠 씨?! 그건 좀…!!”

“목을 쳐서 옥문에 매달아 두는 게 더 나을까요?”

“아니아니. 그렇게까진 말 못 해!!”

“말해야 해요!”

“싫어!!”

“제발 말해 주세요. 네?”라고 조르며 매달리는 코테츠를 진땀을 흘리면서 애써 외면하며 생각했다.

‘그런 말은 절대 안 하겠지만… 토키토는 대단하다. 나보다 덩치도 작고 나이도 어린데.’

질 수 없지.

‘나도 좀 더 강해져야 해!!’

탄지로는 결의를 다졌다.

제 5 화 뭔가가 튀어나왔다

"으아아아아악!!!"

키리리리릭!! 콰앙!!

기계인형의 구동음과 함께 탄지로의 몸이 휙 날아가 지면에 내동댕이쳐졌다.

"탄지로 씨!!"

"이러다 죽겠어!! 팔 6개는 버거워!!"

"팔은 5개예요! 그 나쁜 자식이 한 개 박살 내는 바람에! 인형의 기능은 떨어졌다구요!"

코테츠는 자비 없이 탄지로를 잡아 일으켰다.

“이 정도로 죽으면 쓰레기예요! 지면 안 돼!! 힘내세요! 다시 한번 말해 줄 테니! 고개 드세요!!”

코피를 닦는 탄지로의 머리를 손바닥으로 때리면서 코테츠는 장황하게 설교를 늘어놓았다.

“습관적으로 움직이고 있어요, 탄지로 씨 당신은. 상대방의 움직임을 보고 나서 판단하고 움직이질 않고. 그래서 안 되는 거예요. 아시겠어요? 요컨대 기초가 전혀 안 되어 있는 거죠. 정말 이제껏 용케 살아남았네요, 귀살대에서. 아슬아슬해요, 모든 것이. 제가 당신의 약점을 철저하게 부숴 줄게요. 제가 지적한 부분을 할 수 있게 될 때까지 음식 안 줄 겁니다!”

“네에….”

탄지로는 눈이 휙 돌아갔다.

코테츠 소년은 원래부터 독설가였다.

아버지가 돌아가시는 바람에 우울해져 독설도 잠잠해졌었는데, 토키토의 습격으로 완전히 부활했다.

더욱이 코테츠 소년은 분석이 특기였다.

그 뛰어난 분석력 때문에 자신의 기술력이 낮다는 걸 정확히 파악하고, 절망해 있었던 것이다.

10살이라는 어린 나이에… 미래가 있음에도 불구하고.

그러나. 이것은 수주(水柱) 토미오카 기유의 지론이기도 하지만… 말하자면 분노라는 것은 사람을 움직이는 원동력이 된다.

코테츠는 의욕으로 가득 차서 지금까지 이상으로 그 본래의 힘을 발휘하기 시작했다.

"그 나쁜 자식에겐 말해 주지 않았지만, 이 기계인형은 목 뒤에 있는 열쇠를 돌리는 것 외에도 동작의 형태를 바꿀 수 있어요."

코테츠는 인형을 잠시 앉혀 놓고 말했다.

"혹시 쪽매붙임 비밀 상자라고 아세요? 제가 만든 거예요."

어디선가 자그마한 나무 상자를 꺼내서 탄지로에게 보여 줬다.

"응, 알아. 내 누이동생 하나코도 갖고 있었어. 직접 만든 거야? 대단하다!!"

비밀 상자는 상자의 뚜껑과 측면에 짜 넣은 여러 장의 나무판을 올바른 순서대로 움직이지 않으면 절대 열리지 않는 기계 장치 상자다.

"그것과 마찬가지로, 이 인형의 경우, 손목과 손가락을 돌리는 숫자에 따라 동작을 결정할 수 있거든요."

코테츠는 그렇게 말하며 인형의 손가락을 이리저리 돌렸다. 5개의 팔에 달린 25개의 손가락.

"도공이 검객의 약점을 찌르는 동작을 짜서 싸움을 붙일 수 있죠…. 그렇게 하지 않으면 정말로 의미 있는 전투 훈련이 되지 않아요."

코테츠는 히히히히히 하고 웃으며 중얼거렸다.

"굳이 고문 훈련 따위 받지 않아도, 재수 없는 놈한테는 죽어도 안 알려 주죠."

말하자면 기계인형은 주인과 2인 3각인 것이다.

토키토는 결국 시간만 낭비한 셈이다…라고 말할 수 있으리라.

빠억!! 우당탕!!

"탄지로 씨, 느려요! 완전 꽝이야!!"

멀리 내팽개쳐진 탄지로에게 코테츠의 매몰찬 목소리가 날아와 꽂혔다.

"인형이 들고 있는 게 목검이 아니었다면 죽었을 거예요!! 정신 바짝 차려요!! 오늘이 벌써 닷새째예요! 내일부터는 인형한테 칼을 줄 거예요!"

하악…! 하악…! 하고 숨을 쉴 때마다 목 안쪽에서 올라오는 피의 맛.

'아니!! 목검으로 죽겠는데, 이건?! …이, 이러다 진짜 죽겠어!!'

탄지로는 몸을 일으키지 못하고 신음했다.

"오늘도 밥 없습니다!!"

'아아아아!!'

코테츠는 분석력은 높았지만, 검술 선생으로는 왕초보.

어느 정도가 인간 목숨의 한계인지 모르기 때문에 훈련이 잔인했다.

"일어나세요! 자, 일어나!"

시키는 대로 하지 않으면 물도, 식량도 안 주는 만행.

물을 마시지 않으면, 인간은 사흘 정도 만에 실제로 죽는다.

그러나 코테츠는 그런 사실마저 모르기 때문에 탄지로가 물을 달라고 해도 완강하게 주지 않았다.

무지함에서 오는 순수한 만행!!

중간에 비가 내려 준 덕분에 탄지로는 목숨을 부지했으나, 무서울 정도로 많은 운동량 속에서 거의 절수(絕水), 절식(絕食), 절면(絕眠).

안간힘을 다해 일어나 칼을 쥐고 섰지만.

정신이 아득…해졌다.

의식이… 흐려져 갔다.

결국은 눈앞에 커다란 강이 보였다.

삼도천이었다.

뭐라 형언할 수 없이 행복한 기분으로 탄지로는 강에 놓인 다리를 건너기 시작했다.

하지만 그곳에서도 공복에 현기증이 일어나 발밑의 강으로 추락했다.

강 속은 어둡고 무거웠지만, 나름 따뜻했다.

수많은 사람 손으로 조물조물 안마를 받는 듯했다.

문득 물 밑바닥을 쳐다보니 무언가가 빛나고 있어서, 조물조물 안마를 받으며 집으러 갔다.

신기하게도 그 빛나는 돌은 물속에서도 냄새가 났다.

냄새가… 냄새….

번쩍!! 하고 탄지로는 눈을 부릅떴다.

'뭐지, 이 냄새는?'

눈앞에 5자루의 칼을 쥔 기계인형이 접근해 있었다.

'허점의 실과는 또 다른 냄새.'

뭐지? 알겠어. 인형의 움직임의 기척. 저 칼이 다음 순간에 노릴 곳.

좌측 머리.

목. 오른쪽 가슴. 왼쪽 옆구리. 오른쪽 허벅지. 오른쪽 어깨.

'온다!!'

탄지로는 5자루의 칼을 아슬아슬하게 피하고 인형의 왼쪽 다리를 베는 데 성공했다.

"일격을 먹이셨군요, 탄지로 씨!!"

피곤한 나머지 미처 낙법을 못 취해서 땅바닥과 격돌한 탄지로에게 코테츠가 기뻐하며 말했다.

"너무 찌질해서 인형은 끄떡없지만! 그래도 먹을 걸!! 드리죠!!"

"주먹밥이랑 매실장아찌!!"

탄지로는 눈물범벅이 된 얼굴로 외쳤다.

"녹차는 고급 옥로차로!!!"

…이리하여 탄지로는 이레 만에 겨우 식사를 할 수 있었다.

탄지로는 각성했다.

동작 예지 능력을 획득한 것이다.

냄새를 통해 상대방이 다음번에 노릴 부위를 알 수 있게 되었다.

허점의 실보다도 빠른 단계에 이 냄새는 찾아왔다.

이것은 여전히 몸이 미숙해서 반사나 반응이 주보다 느린 탄지로가 그들에게 필적하는 움직임을 취하는 데에 강력한 무기가 되리라.

그리고… 다음번에 인형과 싸울 때에는.

'됐다!! 됐어!! 이제 알겠어, 동작을!!'

예전보다 훨씬 더 잘 알겠다. 체력도 돌아와서 따라잡고 있다!!

선회하는 5자루의 칼을 땅바닥을 차서 피하고, 그대로 공중에서 몸을 비틀었다.

'됐다, 들어간다!! 혼신의 일격….'

탄지로의 일륜도가 기계인형의 목덜미에 접근했다.

'앗… 근데 고장 나면….'

고장 나면… 고치지 못한다….

탄지로가 망설이는 것을 알아차린 코테츠는 소리쳤다.

"베세요!!! 고장 나도 괜찮아!! 제가 반드시 고칠 테니까!!"

'탄지로 씨는 사람이 너무 착하다…. 그럼 안 돼. 거기서 망설이면.'

코테츠의 목소리가 닿았는지, 탄지로는 자세를 고쳤다.

'하지만 나는 그런 탄지로 씨이기에 더더욱 죽는 걸 원치 않아.'

바싹 다가오는 인형의 칼을 간발의 차로 피한 다음.

'그 누구보다도 강해졌으면 좋겠어!!!'

탄지로의 칼이 인형의 목을 베었다….

콰아아앙!!

도신이 두 동강 났다.

탄지로는 미처 낙법을 취하지 못해서 땅바닥에 제대로 엉덩방아를 찧었다.

"아얏!!"

"괜찮으세요?!"

코테츠가 다급히 달려왔다.

"미, 미안해, 빌려준 칼 부러뜨렸어…."

"괜찮아요, 그런 건! …엇?!"

허리를 문지르는 탄지로를 부축해 일으키려던 코테츠가 별안간 소리를 질렀다.

"?!"

깜짝 놀라서 탄지로도 뒤를 돌아봤다.

동작이 멈춘 요리이치 영식이 쩌억 소리를 내며 삐걱거린 그때.

갑자기 붕괴했다.

얼굴과 머리 부분이 앞뒤로 떨어져 나가 무너져 내렸다.

"……!!"

그 안에.

한 자루의 칼이 있었다.

기계인형의 중심, 정확히 척추부터 목으로 이어지는 부분.

몸의 회전축, 머리를 지탱하는 부품으로써 사용되었던… 칼.

"뭔가 튀어나왔다!! 코코코코, 코테츠, 뭔가 튀어나왔어!! 뭐지, 이건?"

"아니아니아니, 저도 몰라요!! 뭘까요, 이건?!"

흥분한 나머지 어안이 벙벙해졌지만, 어떻게 봐도 칼이었다.

"적어도 3백 년 이상 된 칼이겠죠!!"

"그렇겠지! 이거… 장난 아닌데? 어떡하지?!"

하악, 하악! 하악, 하악, 하악! 하고 둘이서 거친 콧김을 내뿜으면서 그 오래된 칼을 바라봤다.

"흥분이 가라앉질 않아요!!"

"응!!"

"이것, 탄지로 씨가 가져도 되지 않을까요? 바바바바, 받아주세요, 꼭!!"

"아니아니아니아니, 그건 안 되지! 이제껏 검격이 축적된 끝에 우연히 나 때 인형이 박살 났을 텐데, 그건 좀! 안 돼, 안 돼,

그건!"

기계인형 속에 내장되어 있던 비밀의 칼.

그것은 분명 어마어마한 명검일 것이 틀림없었다.

두 사람의 흥분은 최고조에 달했다.

"탄지로 씨는 마침 칼이 없어서 곤란해하던 참이잖아요! 괜찮아요! 주인인 내가 하는 말이니까!"

"그래도, 그래도, 그래도 그건 좀!"

"전국 시대에 쓰인 철은 질이 굉장히 좋아요! 가지세요!"

"그래도 돼?! 그래도 돼?!"

의미 없는 짝체조를 펼치면서 두 사람은 새빨개진 얼굴로 고개를 연신 끄덕였다.

"살짝 뽑아 볼까요?!"

"그래, 보고 싶다! 그치?!"

신이 나서 인형에게로 달려간 코테츠가 칼을 꺼냈다.

두근두근, 콩닥콩닥.

탄지로는 그 자리에 정좌해서 건네받은 칼을 칼집에서 천천히 뽑았다.

녹슬었어….

풀썩 쓰러지는 두 사람.

시뻘겋게 녹슨 도신. 도저히 사용 가능한 상태가 아니었다.

먼저 아쉬움을 털고 일어난 건 코테츠 쪽이었다.

"…아니, 그야 당연한 일이죠. 3백 년이나… 아무도 손질하지 않고, 그 존재도 몰랐으니…. 죄송해요. 괜히 기대감만 줘서…."

"괜찮아!! 신경 안 써."

얼굴을 든 탄지로는 웃으면서 눈물을 줄줄 흘리고 있었다.

"우와아아앗, 탄지로 씨!! 탄지로 씨…. 미안해!!"

그때.

쿵! 하고 지축을 흔드는 소리가 들려왔다.

"?! 뭐지?"

쿠웅! 쿠웅! 하고 나무숲 안쪽에서 뭔가가 다가왔다.

"으아아아아아악!!"

웃통을 벗은 오뚝이 가면의 남자였다!! 심지어 근육이 불끈불끈!!

"누구야?!"

하지만 그 팔자 눈썹 가면은 어디선가 본 적이 있었다!

“하가네즈카 씨?!”

“얘긴 다 들었다….”

역시 그 목소리는 하가네즈카였다. 그 우람한 체격은 자칫 수련 직후인 탄지로보다도 더 강할 것 같았다.

“뒷일은… 나한테 맡겨라….”

“뭘 맡기라고?!”

혼란스러운 두 사람에게 다가온 하가네즈카는 느닷없이 탄지로의 손에서 문제의 칼을 빼앗으려 했다.

“놓으세요, 제발 좀…. 왜 가져가려고 하는 거예요?!”

“나한테… 맡겨….”

“아니, 이건 코테츠 거거든요?!”

“맡기라고….”

코테츠도 달려들어서 하가네즈카의 허리에 매달렸다.

“설명부터 해 주세요, 하가네즈카 씨!”

“맡겨….”

“아니…!! 그러니까 뭘?!”

“나한테 맡기라니까!!”

하가네즈카는 온 힘을 실어 칼을 휘둘렀다.

"으아아아악!! 이건 어른이 할 짓이 아니야!!"

탄지로와 코테츠는 튕겨 나가서 땅바닥을 굴렀다.

그러자 그때, 또 다른 사람 그림자가 옆에서 불쑥 나타났다.

"소년들, 하가네즈카 씨의 급소는 옆구리예요. 여길 노리면 됩니다."

말을 마치자마자 근육이 울퉁불퉁한 옆구리를 간지럽히는 그 역시 본 적이 있는 오뚝이 가면이었다.

"앗. 카나모리 씨!! 오랜만이에요!"

그는 예전에 한 번 만난 적이 있는 도공 중 한 명, 카나모리였다.

"오랜만이에요, 탄지로. 하가네즈카 씨는 간지럼을 태우면 한동안 축 뻗어 있으니까, 내가 설명할게요."

땅바닥에 추욱 늘어져서 움직이지 않게 된 하가네즈카를 내려다보면서 카나모리는 말했다.

"일단 하가네즈카 씨를 용서해 주세요. 산에 틀어박혀 수련하고 있었어요."

"수련?"

탄지로가 되물었다.

"네. 당신이 죽지 않게 더욱 강한 칼을 만들기 위해. 절대 솔직하게 말하진 않지만.”

“날 위해서….”

탄지로는 감동했다.

“당신은 줄곧 하가네즈카 씨에게 칼을 맡겨 왔죠? 아마 무척 기뻤을 거예요. 이 인간, 검객들한테 미운 털 박혀서 잘린 적이 한두 번이 아니라.”

“그래요?”

“사교성이 너무 떨어지거든요, 이 인간.”

쓰러져 있는 하가네즈카에게 돌멩이를 파바밧 던지면서 코테츠도 질렸다는 듯이 거들었다.

“그래서 여전히 시집 오겠단 사람도 없죠.”

그 말에 반응했는지, 하가네즈카의 몸이 뾰~옹 하고 튀어올랐다.

“앗. 부활했네요.”

카나모리가 침착한 말투로 약을 올리건 말건, 하가네즈카는 불끈불끈한 근육을 과시하는 포즈를 취했다.

“이 녹슨 칼은 내가 맡겠다…. 하가네즈카 가에 전해 내려오는 일륜도 연마술로 멋들어지게 갈고닦아 주겠어.”

“그럼 처음부터 그렇게 딱 한마디만 하면 됐잖아요.”

코테츠가 한숨을 푹 쉬었다.

"신뢰 관계도 없는데 무조건 맡겨라, 맡겨라. 그것 하나밖에 모르는 바보처럼…."

말을 다 마치기도 전에 코테츠는 하가네즈카에게 멱살을 잡혀서 공중에 대롱대롱 매달렸다.

"옆구리. 옆구리! 옆구리요!!"

카나모리와 탄지로는 필사적으로 하가네즈카의 옆구리를 향해 손을 뻗었다.

귀멸의
칼날

제 6 화 적의 습격

"…그런 일이 어제 있었는데."

탄지로는 간식으로 받은 센베이를 입 안에 가득 넣고 와삭와삭 씹으면서 말했다.

"칼 연마가 끝날 때까지 사흘 밤낮이 걸린다고 해서 모레나 되어야 칼갈이가 끝나. 그 연마술이 여간 가혹한 게 아닌지, 더러 죽은 사람도 있다던데 심히 걱정이야…. 절대 들여다보러 오지 말라고 했는데 보러 가도 될까?"

"알 게 뭐야?! 나가, 인마!!"

성을 낸 사람은 시나즈가와 겐야였다.

이곳은 겐야가 쓰는 숙소 방이었다. 탄지로가 아랑곳 않고 들어와 눌러앉은 것이다.

“친구라도 되는 양 주절주절 떠들어대지 마…!!”

“어? 우린 친구 아냐?”

“당연히 아니지!!”

이마에 시퍼런 핏줄을 세우고 겐야는 소리쳤다.

“네놈은 내 팔을 부러뜨렸으니까! 설마 잊었다는 말은 하지 마!”

귀살대의 입대 최종 선별 때 겐야는 시험장의 안내를 맡은 소녀(나중에서야 귀살대의 당주 우부야시키 카가야의 딸들 중 한 명임을 알게 됐지만)에게 트집을 잡으며 때렸다.

탄지로는 그런 겐야를 막기 위해 그의 팔을 부러뜨렸던 것이다.

“그건 여자애를 때린 겐야가 전적으로 잘못한 거니까 어쩔 수 없지.”

티 없이 맑은 눈으로 단언하는 탄지로를 보자 겐야는 더욱더 부아가 치밀어서 고함을 쳤다.

“이름으로 막 부르지 마!!!”

“이 센베이 맛있는데, 먹을래?”

"젠장!! 필요 없다니까. 꺼져!!"

앞으로 쑥 내민 과자를 뿌리치는 겐야의 얼굴을 보고 탄지로는 문득 어떠한 사실을 알아차렸다.

"어라…? 이빨….."

겐야의 앞니는 하나도 빠짐없이 반듯했다.

"빠지지 않았어? 앞니… 온천에서."

그러자 겐야는 입을 꾹 다물었다.

"…네가 잘못 본 거겠지."

"잘못 본 거 아냐. 이빨 보관해 놨거든."

이것 보라며 탄지로는 품속에 손을 넣어 온천에서 주운 치아를 꺼냈다.

"그걸 왜 보관해 놔? 기분 나쁜 놈이구나, 너?!"

"아니. 그거야 분실물이니까 돌려주려고….."

"제정신이 아니구만? 버려!!"

결국 겐야는 나가라고 소리치며 탄지로를 복도로 차 버렸다.

매정하게 닫힌 맹장지를 바라보면서 탄지로는 중얼거렸다.

"왜 저렇게 계속 화가 나 있지…? 역시 배가 고파 저러나…?"

모처럼 함께 입대한 동기건만. 좀처럼 친해질 기미가 보이지 않았다.

탄지로는 한숨을 쉬면서 자신의 방으로 돌아갔다.

같은 시각. 도공 한 명이 온천에서 마을로 이어지는 내리막길을 딸그락딸그락 게타 소리를 내면서 내려가는 중이었다.

"너무 오랫동안 느긋하게 목욕했어. 내일도 새벽부터 작업해야 되는데…. 응?"

돌바닥 위에 어른이 한아름 안을 수 있을 정도의 큼직한 도자기 항아리가 덩그러니 놓여 있는 것이 눈에 들어왔다.

"위험하게. 누구야? 이런 곳에 항아리를 놔둔 게…."

어두운 밤길에서 누군가 걸려 넘어지기라도 하면 다칠 것이다. 남자는 항아리를 향해 다가가 허리를 숙이고는, 길가에라도 치워 둘 생각으로 주둥이에 손을 갖다 대었다.

하지만 다음 순간.

슈루루룩!!

남자는 별안간 항아리 속으로 끌려갔다.

뼈가 으지직 부서지고, 몸이 마구잡이로 뒤틀리면서 끌려

들어갔다.

남자를 집어삼킨 항아리는 한동안 그 자리에서 덜그럭덜그럭 흔들렸지만… 갑자기 옆으로 쓰러지는가 싶더니 푸학 하고 안에 든 것을 도로 토해 냈다.

처참하게 구겨진 남자의 시체가 돌바닥 위에 나뒹굴었다.

그것을 내려다보면서 항아리에서 흐물흐물 나타난 것은 이형 도깨비… 곳코였다.

"맛없어, 맛없어. 역시 산속에 사는 도공의 살 따윈 먹을 게 못 되는구먼."

하지만 그것도 괜찮지…라면서 곳코는 두 눈의 위치에 달린 2개의 입에서 피를 뚝뚝 흘리며 중얼거렸다.

"여길 부수면 도깨비 사냥꾼 놈들을, 효옷, 확실하게 약체화시킬 수 있으니까."

도깨비를 죽이기 위한 유일한 무기.

태양빛을 담은 칼 일륜도를 벼리는 도공 마을.

"서둘러야 해…. 서둘러야 해…. 곳코 덕분에 마을이 발견되었어."

마을 저택의 지붕 위에 몸을 잘게 떠는 자그마한 그림자가 있었다.

그것은 한텐구였다.

"그런데 그분은 분노하셨지…. 빨리. 빨리. 몰살해야 해…."

아직 자신들이 잠입한 것을 아무도 알아차리지 못했다. 그러니 이 틈을 타서.

"그분께 대드는 자들을…!!"

갑자기 코를 꼬집힌 느낌이 들어서 탄지로는 눈을 떴다.

아마도 네즈코와 놀아 주던 사이에 깜박 잠이 든 모양이었다. 서둘러 몸을 일으켰다.

눈앞에 토키토 무이치로의 얼굴이 있었다.

"혹시 카나모리라는 도공 알아?"

"우앗, 토키토! 방금 내 코 꼬집었어?"

"꼬집었어. 반응이 너무 둔한 거 아냐?"

"아니아니! 적의가 있으면 알아차리죠, 그 정도는."

"보통 적의를 품고 코를 꼬집진 않지만."

여전히 무덤덤한 태도로 무이치로는 말했다.

탄지로는 아직 자신의 무릎을 베고 자고 있는 네즈코를 살며시 바닥에 눕힌 다음, 무이치로를 마주하고 앉았다.

“카나모리 씨라면 아는데… 왜? 아마 하가네즈카 씨랑 같이 있지 않을까?”

“카나모리는 나한테 새로 배정된 도공이야. 하가네즈카는 어디에 있지?”

“같이 찾아볼까?”

탄지로가 그렇게 말하자 무이치로는 살짝 묘한 표정을 지었다.

“…왜 그렇게 남한테 신경 써? 너에겐 네가 해야 될 일이 있잖아?”

“남을 위해서 하는 일은 결국 돌고 돌아서 나 자신을 위한 일이 되기도 하니까. 어차피 나도 가려고 생각했는데, 마침 잘됐어.”

“…어?”

어째서인지 그 말을 들은 무이치로는 웬일로 몹시 놀란 듯이 눈을 동그랗게 떴다.

“뭐야? 방금 뭐랬어?”

방금, 방금…이라며 탄지로를 손가락으로 가리키며 반복했다.

“어? 마침 잘됐다고. …아얏.”

갑자기 네즈코가 일어나는 바람에 탄지로의 턱에 머리가 명중했다.

“네즈코!! 일어났구나~? 같이 하가네즈카 씨가 계신 곳으로 가자.”

턱을 문지르면서 탄지로는 동생을 보고 웃었다. 여전히 어린아이의 모습인 네즈코는 양팔을 힘차게 휘둘렀다.

“…….”

무이치로는 침착한 모습으로 돌아와 그런 네즈코를 신기하다는 눈으로 쳐다봤다.

“그 아이, 뭔가 굉장히 이상한 생물이야.”

“어? 이상해?”

탄지로는 깜짝 놀랐다.

물론 네즈코는 도깨비인데도 사람을 잡아먹지 않고 살아가니, 이상하다면 이상하겠지만.

“응, 되게 이상해. 뭘까? 설명은 잘 못 하겠지만.”

무이치로는 고개를 갸웃거렸다.

"내가 전에도 그 아일 만났나? 전에도 이랬나? 뭐지?"

무이치로는 예전에 한 번 네즈코를 봤을 터였다. 확실히 그때는 이렇게 자그마한 아이의 모습은 아니었지만, 지금 그가 말하는 위화감은 그런 문제가 아닌 듯했다.

'앗. 아차차. 타마요 씨의 고양인 돌아왔나? …네즈코의 피가 어떻게 변화됐는지, 다시 조사해 달라고 했는데.'

타마요는 도깨비면서도 키부츠지 무잔에게 반기를 들고, 도깨비를 인간으로 되돌리기 위한 약을 연구 중인 여성이다. 탄지로는 남몰래 그녀와 연락을 주고받으면서 때때로 특수한 도깨비인 네즈코의 피를 보내 조사를 부탁하고 있었다.

'토키토가 있는 자리엔 안 나타나겠지…?'

타마요의 심부름꾼 고양이인 챠챠마루는 평소에는 모습을 감춘다. 탄지로는 근처에 그가 있는지 궁금해서 기척을 살폈다.

"응?"

복도에… 사람이 있는 것 같았다.

"누군가 왔나?"

"그러게."

당연히 눈치를 채고 있었는지 무이치로 역시 고개를 돌렸다.

맹장지가… 슥 하고 열렸다.

“히이이이이이익.”

바닥을 기어서 스르르륵 들어온 것은… 도깨비였다.

이마에는 큼직한 혹. 그 양옆에 돋아난 2개의 짤막한 뿔.

노인의 모습을 한 도깨비… 한텐구였다.

충격적인 것은 그 낌새를 가리는 방식의 교묘함.

탄지로는 물론이요, 토키토조차도 실제 눈으로 보기 전까지 도깨비로 인식하지 못했다.

눈의 숫자를 확인할 길은 없었지만 틀림없이 이 도깨비는 상현이라고 판단하고, 눈 한 번 깜빡거리는 찰나도 안 되는 이 순간에 무이치로와 탄지로 두 사람은 전투태세에 들어갔다.

“안개의 호흡 제4형 이류(移流) 베기.”

자욱한 안개와 함께 소리도 없이 미끄러진 무이치로의 칼날이 한텐구를 가로로 베었다.

그러나 간발의 차로 도깨비는 천장을 향해 뛰어올랐다.

‘빠르다…. 숨통을 끊지 못했어.’

스르륵
히이이이이이익

위쪽을 쳐다보는 무이치로의 눈에, 천장에 거꾸로 매달린 도깨비가 비쳤다.

“그러지 말아 줘, 괴롭히지 말아 줘.”

아파아아아아, 라면서 한텐구는 칼에 베인 얼굴을 감싸고 신음했다.

마치 불쌍한 노인 같은 목소리에 탄지로는 어금니를 꽉 깨물었다.

‘위축되지 마!! 수많은 사람을 죽인 도깨비야!! 그러지 않고서야 주(柱)의 공격을 피할 순 없지!’

탄지로는 칼을 뽑았다. 하가네즈카가 이전에 벼린 칼. 체력도 다 회복되어 호출만 떨어지면 당장 출동할 수 있게 준비해 두었던 것이 천만다행이었다.

“히노카미 카구라 양화돌(陽華突).”

왼손 손바닥으로 칼자루를 밀어 올리며 외쳤다.

“히이이익.”

화염을 휘감은 칼날이 천장에 꽂히고, 비명과 함께 도깨비가 추락했다.

‘맞았나? 왜 반격하질 않는 거지?’

칼을 잡고 매달린 채로 탄지로는 도깨비를 내려다봤다.

그때 옆에서 네즈코가 뛰어들었다. 힘을 해방해 어른의 모습으로 성장해서 한텐구의 배를 있는 힘껏 걷어찼다.

"크아아악."

한텐구가 울부짖으면서 바닥에 내동댕이쳐졌다.

네즈코의 그 하얀 다리에 담쟁이덩굴이 휘감긴 것 같은 반점이 떠오른 게 보였다.

"네즈코!! 그 모습으로 변하지 마!"

탄지로는 반사적으로 외쳤다. 유곽에서의 전투 도중, 도깨비의 힘에 이끌려 폭주했던 것을 탄지로는 잊지 않았다.

그 목소리에 네즈코는 움직임을 멈췄지만, 대신에 무이치로가 곧바로 달려들었다. 다다미 바닥을 구르는 한텐구의 목을 향해 날카로운 칼을 내리쳤다.

촤악!!

"히이이익!! 베였다아아아!!"

도깨비의 비명이 울려 퍼졌다.

'베… 베었다!! 목을!! 빠르다…!! 하지만.'

상현 도깨비는 목을 베어도 안 죽는 경우가 있었다.

유곽에서 싸운 규타로나 다키처럼 뭔가 조건이 따르거나.

억
크아
아악.
네즈코!!
그 모습으로
변하지 마.

"토키토! 방심하지 마!"

"!"

한텐구의 머리가 다다미 바닥에 퉁 떨어졌다가 튀어올랐다.

그 목의 절단면에서… 꾸드득 하고.

몸이 자라났다. 새로운 몸통이.

동시에 무이치로의 뒤에 쓰러져 있었을 터인 몸도 일어났다. 머리가 재생되어 있었다.

'분열!!'

탄지로는 경악했다.

'한쪽에는 머리가 돋아나고, 다른 한쪽에는 몸이 생겨났어…!!'

둘로 늘어난 도깨비는 어느 쪽도 더 이상 노인이 아니었다.

체격도, 풍성한 검은 머리카락도, 아주 젊은 남자의 모습이었다.

"뒤쪽은 내가!!"

탄지로는 머리가 돋아난 원래 몸 쪽으로 칼을 들고 달려갔다.

무이치로는 물 흐르는 듯한 움직임으로 몸이 자라난 머리를 향해 간격을 성큼 좁혔다.

그러나.

머리였던 쪽의 도깨비는 그 손에 팔손이나무 잎 모양의 부채를 들고 있었다.

그 부채를 무이치로를 향해 휘잉 휘두른 순간.

폭풍이 일었다.

콰아앙! 하고 폭발하듯이 지붕도 벽도 날아갔다.

"네즈코…!!"

충격파에 떠밀려서 벽과 함께 공중으로 날려질 뻔한 탄지로는 네즈코가 팔을 잡아 준 덕분에 간신히 버텼지만, 바람을 정통으로 맞은 무이치로는 저 멀리 숲속으로 날아가고 말았다.

"토키토!!"

"낄낄낄."

웃은 것은 부채를 든 도깨비였다.

"즐겁다. 콩알이 저 멀리까지 훅 날아갔어… 그렇지? 세키도(積怒)."

"하나도 즐겁지 않아. 난 그저 한없이 화가 날 뿐이야. 카라쿠(可樂)…. 너와 뒤섞여 있던 것에도."

세키도라고 불린 또 다른 도깨비는 어느샌가 왼손에 석장을 쥐고 있었다. 날카로운 송곳니를 드러내며 분통을 터트리듯 말했다.

즐겁다.
콩알이 저 멀리까지
훅 날아갔어.
그렇지?
세키도(積怒).

"그래? 분리되어 좋겠구나?"

카라쿠라고 불린 부채 도깨비는 혀를 삐죽 내밀었다. 거기에는 '樂(즐거울 락)'이라는 글자가 떠올라 있었다.

얼굴은 그야말로 판박이. 헝클어진 길고 검은 머리카락, 이마에 돋아난 2개의 뿔. 그물처럼 선명히 드러난 혈관.

네즈코가 끌어당겨서 겨우 건물로 기어 올라온 탄지로는 두 명의 도깨비를 노려봤다.

부채를 든 카라쿠와 석장을 쥔 세키도.

'또다시 목을 동시에 베지 않으면 안 되는 건가?!'

공격 자세를 취한 그때.

세키도가 석장의 밑동을 바닥에 세게 내리쳤다.

콰앙!! 파직파직!!

뇌격이 작렬하여 탄지로의 몸을 관통했다.

'뭐…지, 이건…? 저 석장…!!'

큰일 났다. 의식이 날아갈 것 같아…!!

벌러덩 쓰러져서 졸도하려던 찰나에 탄지로의 눈이 뭔가를 포착했다.

'지붕에… 누군가가.'

반파된 지붕 위에 누군가 서 있었다.

위에서 이쪽을 내려다보고 있었다.

'겐야….'

시나즈가와 겐야였다. 왼손에는 검게 빛나는 뭔가를 들고 있었다.

타타앙!!

폭발음과 함께 그것이 불을 뿜었다.

'뭐지, 저 무기는…?! 총인가?! 일륜도와 같은 냄새가 나는데.'

총신이 2개 있는, 수평 쌍대총이라 불리는 형태의 남만총(南蠻銃)이었다.

발사된 탄환을 맞아 두 도깨비의 머리가 동시에 날아갔다.

그러나 카라쿠의 머리는 아직 간신히 목에 붙어 있었다. 간당간당하게 거꾸로 매달린 머리가 웃었다.

"오오오오! 즐거운데? 재미있어. 처음 받아 보는 감촉의 공격이야."

한 마리는 처치하는 데에 실패했음을 깨닫고 지붕에서 뛰어내린 겐야가 허리에 차고 있던 칼을 뽑으며 카라쿠에게 달려들었다.

"안 돼, 겐야!! 아무리 강한 무기로도 이 도깨비는."

쓰러뜨릴 수 없어!!라는 탄지로의 외침보다 겐야의 칼날이 그 목을 완전히 베는 것이 빨랐다.

"베면 벤 만큼 분열하고! 더 젊어지고!! 강해져!!"

탄지로의 비통한 목소리에 겐야가 눈을 부릅뜨고 뒤돌아봤다.

그 눈에 비친 것은 날아간 2개의 머리와 2개의 몸이 제각각 재생되어 가는 모습이었다.

'이 도깨비는 목이 베여도 개의치 않는다! 말하자면 목은 급소가 아니다!!'

탄지로는 마침내 일어나서 칼을 겨누고 바닥을 박찼다.

'네 놈으로 분열… 재생도 빨라!!'

규칙성은 없는 건가? 어디가 제일 빨리 낫는 거지?

그 짧은 순간에 탄지로는 두뇌를 회전시켰다.

'급소는 반드시 존재한다. 찾아내!! 간파해!! 뭔가….'

하지만 바닥을 힘차게 디뎠을 발이 위로 붕 뜨면서 허공을 갈랐다.

"낄낄낄! 기쁜데? 갈라져 보긴 오랜만이야!"

날개가 달리고 새의 발톱 같은 손발을 지닌 도깨비… 카라쿠의 머리에서 재생한 도깨비 하나가 탄지로의 다리를 뒷발로 붙잡아 하늘로 날아오른 것이다.

낄낄낄,
기쁜데?
갈라져보긴
오랜만이야.

'이 도깨비는 하늘을 난다!! 능력이 네 놈 다 달라!'

"우…!!!"

네즈코가 손을 뻗어 봤지만 닿지 않았다.

"네즈코! 난 괜찮으니까! 겐야를 도와서…."

거꾸로 매달린 채 그렇게 말하던 탄지로는 말문이 막혔다.

겐야의 몸이… 창에 꿰뚫려서 공중에 쳐들려 있었다.

세키도의 머리에서 재생한, 어딘가 수심에 찬 얼굴인 네 번째 도깨비에 의해서.

"슬플 정도로 약하구나."

도깨비는 중얼거렸다.

"겐야~!!!"

탄지로는 절규했다.

"네즈코, 가서 구해!! 겐야를 구해!! 부탁이야!! 서둘러!"

"남 걱정을 다 하고, 여유롭구나?"

탄지로를 붙잡고 있던 새 도깨비가 비웃듯이 말하더니 입을 쩍 벌렸다.

'히노카미 카구라….'

재빨리 기술을 꺼내려 한 탄지로를 향해 새 도깨비는 키이이이이이잉!! 하고 날카로운 소리를 내질렀다.

캬이이이이이잉!!

귀를 찌르는 듯한 외침이 금속음으로 바뀌고, 공기의 진동이 파도로 변해 탄지로의 뇌를 뒤흔들었다. 귀와 코에서 피가 뿜어져 나왔다.

의식이 날아갈 뻔했지만, 간신히 일륜도를 휘둘러서 다리를 붙잡고 있던 도깨비의 뒷발을 베어 냈다. 탄지로는 그대로 밑에 펼쳐진 숲으로 떨어졌다.

"! 후훗, 제법이군. 꽤 기쁜걸?"

새 도깨비는 '喜(기쁠 희)'라는 글자가 새겨진 혓바닥을 내밀며 웃었다.

'나뭇가지를 붙잡아!! 나뭇가지를….'

숲에 떨어진 탄지로는 죽기 살기로 손을 뻗어 나뭇가지를 잡아 추락의 가속도를 줄였다.

붙잡은 나뭇가지는 부러졌지만, 쭉 뻗은 다리가 다른 가지에 걸려서 그것을 지점으로 삼아 몸을 휘리릭 회전시킨 덕분에 머리부터 떨어지는 참사는 피할 수 있었다. 하지만 배부터 땅에 세게 충돌했다.

'빨리 일어서!! 벌떡 일어나!!'

어지러운 머리를 겨우 들어 올렸다.

'마을 사람들도 위험해! 지켜야 해…. 제기랄!!'

몸이 마비되었다. 귀도 들리지 않았다.

"……!!"

왼쪽 다리에 드는 위화감. 탄지로는 뒤쪽을 돌아봤다. 그곳에는 아직 새 같은 도깨비의 발이 꽉 매달린 채였다.

그리고 그 다리의 허벅지 쪽, 절단면 부분에 벌써 방금 전의 도깨비와 똑같은 얼굴이 재생되어 있었다.

쩍 벌린 입으로 쿠오오오오오!! 소리를 내며 공기가 빨려들어갔다.

또다시 그 괴성을 탄지로를 향해 지르려는 것이었다.

제 7 화 죽지 않는다

토키토 무이치로는 숲속을 홀로 질주하는 중이었다.

'꽤 멀리 날아갔군. 빨리 돌아가야 해.'

그런데 그 시야의 가장자리에 작은 사람 그림자가 언뜻 비쳤다.

어린아이가 무언가로부터 도망치고 있었다.

아이의 뒤를 쫓는 것은… 기묘한 괴물이었다.

곰 정도 되는 물고기…처럼 보였지만, 굵직한 팔다리가 4개 돋아나 있었다. 등에는 도자기 항아리를 거꾸로 얹어 놨다.

'도깨비와 어린애.'

어린아이는 코테츠였다. 그러나 무이치로는 그 이름을 모르고 관심 또한 없었다.

어린아이는 손에 든 칼로 물고기 도깨비와 필사적으로 싸우려 했다. 하지만 도깨비는 순식간에 부풀어서 몸집이 2배나 더 커졌다.

'어린애…. 도공으로서 기술도 미숙할 터. 구할 우선순위는 낮다.'

무이치로는 달리면서 냉철하게 생각했다.

'낌새로 보아 저건 본체가 아니라 주술로 탄생한 것… 여기서 발을 멈출 이유는 없다.'

"으아아아악!!"

아이의 비명. 기분 나쁘게 파닥파닥 움직이는 물고기 도깨비. 비릿한 냄새.

'마을 전체가 공격당하고 있다면, 우선은 마을 촌장, 기술과 능력이 높은 사람부터 우선적으로 지켜야 해.'

"커흑!!!"

마침내 아이가 도깨비의 손에 붙잡혔다.

비늘이 돋친 굵은 팔로 몸통을 잡아 들어 올렸다.

무이치로는 무시하려 했다.

그러나 그때… 그는 조금 전에 봤던 탄지로의 웃는 얼굴을 떠올렸다.

'남을 위해서 하는 일은 결국 돌고 돌아서 나 자신을 위한 일이 되기도 하니까.'

그 말.

왠지 그 말을… 전부터 알고 있었던 것 같은 기분.

정신을 차리고 보니 무이치로는 땅을 박차고 방향을 돌려서 칼을 휘두르고 있었다.

좌악!

아이를 붙잡고 있던 물고기 도깨비의 팔이 날아갔다.

"으극."

그 아이… 코테츠가 땅바닥에 떨어졌다.

"방해되니까 얼른 도망쳐 주지 않을래?"

그에게 그렇게 말한 다음, 무이치로는 다시 땅을 박찼다. 물고기 도깨비의 머리를 일격에 베어 냈다.

교옷교옷 하고 기묘하게 울면서 파닥파닥 튀었지만, 도깨비는 죽지 않았다. 절단면에서 새로운 머리가 또다시 뿌득뿌득 자라났다.

'목으로 추정되는 부위를 베어도 몸이 무너지지 않고 재생된

으윽.
콰당
!!
방해되니까
얼른 도망쳐주지
않을래?

다…. 그렇다면 이쪽인가?'

무이치로는 재빨리 등에 달라붙은 것처럼 돋아나 있는 항아리를 베었다.

항아리가 콰직! 소리와 함께 두 동강 나자마자 물고기 도깨비는 히이이이익 하고 째지는 비명을 지른 뒤에 눈 깜짝할 사이에 형태를 잃고 무너져 내렸다.

'항아리를 통해 힘을 얻고 있었군…. 역시 혈귀술로 만들어진 존재.'

칼을 칼집에 넣으면서 그 잔해를 쳐다보는 무이치로에게 코테츠가 달려들었다.

"흐어어어엉! 고마워~!!"

울면서 무이치로에게 달라붙었다.

"죽는 줄 알았어! 나 죽는 줄…. 무서웠어! 으아아아앙."

오뚝이 가면 아래에서 눈물이 줄줄 흘러내렸다.

"다시마 머리라고 욕해서 미안해! 죄송합니다~!!"

"그 다시마 머리라는 게 나?"

"으아아앙, 잘못했어요! 댁이 싫었거든요!!"

무이치로는 울면서 후회하는 코테츠에게서 덤덤하게 등을 돌렸다.

"이러고 있을 때가 아니야. 난 이만 가 볼 테니, 뒷일은 알아서 해."

"잠깐만요!! 카나모리 씨도 공격당하고 있어요!"

코테츠는 다급하게 외쳤다.

"하가네즈카 씨가 칼을 재생시키느라, 잠도 안 자고 쉬지도 않고 연마하고 있어서…. 부디 구해 주세요!"

그렇게 말하며 무이치로 앞에서 양손을 땅바닥에 대고 엎드려 필사적으로 빌었다.

"잠시라도 손을 멈춰 버리면 그 길로 끝이에요! 제발…!!"

"…아니, 난…."

주저하는 무이치로의 귓가에 또다시.

이번에는 큰 어르신인 귀살대 당주 우부야시키 카가야의 목소리가 되살아났다.

'넌 반드시 너 자신을 되찾을 수 있을 거다… 무이치로.'

머리가 지끈 아팠다.

뭐지? 이건 무슨 기억일까.

"지금은 혼란스럽겠지. 무조건 사는 것만 생각해라."

안개가 낀 것 같은 어슴푸레한 광경.

자신은 어딘가의 넓은 방에서 이불 위에 누워 있었다.

피범벅, 상처투성이 몸에 붕대를 감고서… 몽롱한 정신으로 그 목소리를 듣고 있었다.

"살아 있기만 하면 어떻게든 될 터이니."

이불 곁에 앉은 큰 어르신과 부인이 무이치로를 지그시 바라봤다.

"잃어버린 기억은 반드시 돌아올 거다. 그러니 심려 말아라. 그 계기를 결코 지나치지 말아라."

큰 어르신은 신기하게 울리는 목소리로 자상하게 말했다.

"사소한 일들이 그 시작점이 되어, 네 머릿속에 낀 안개를 선명하게 걷어 줄 테니."

"…카나모리와 하가네즈카가 있는 곳으로 안내해."

무이치로는 코테츠의 몸을 어깨에 짊어지고 달리기 시작했다.

"으 아 아 악! 자, 잠깐만…!!"

코테츠는 비명을 질렀다.

"좀만 천천히!! 좀만 더 천천히!!"

"그렇게 떠들다가 혀 깨문다."

"히이이익."

나는 듯한 속도로 한밤중의 숲속을 헤쳐 나가면서 무이치로는 스스로에게 물었다.

'이게 과연 옳은 일일까? 이러다가 마을 전체를 지키지 못하는 거 아냐…?'

아니, 할 수 있어.

무이치로는 어둠을 노려보며 마음을 다졌다.

'난 큰 어르신에게 인정받은 귀살대 하주 토키토 무이치로니까.'

탄지로는 재빨리 일륜도를 휘둘렀다.

왼쪽 다리를 붙잡고 있던 도깨비의 머리가 입을 경계로 두 동강이 나서 날아갔다.

'이런!! 베어 버렸다!! 어떡하지?! 더 불어나겠어….'

역시나 둘로 나뉜 머리는 눈 깜짝할 사이에 제각각 재생을 시작했다.

그러나 그것은 사람의 얼굴이라 볼 수 없었다.

머리의 위쪽이었던 것은 억지로 턱을 만들어 내 그 아래에 새의 다리를 하나 자라나게 했지만, 그 탓인지 눈알이 툭 튀어나오고 코도 없어서 마치 개구리 같은 얼굴이 되었다.

아래쪽이었던 것은 절단 부위를 틀어막았을 뿐, 입 하나밖에 없었다.

기묘한 두 도깨비는 또다시 동시에 입을 벌려서 귀를 찌르는 괴성을 질렀다. 소리의 충격이 탄지로를 덮쳤다.

하지만.

'오호라, 알았다.'

탄지로는 곧바로 몸을 일으켰다. 그리고 저도 모르게 씨익 웃었다.

'공격 위력이 떨어졌다!!'

필시 점점 강해지는 분열은 무한하지 않은 것이다.

언뜻 보인 입 안의 글자. 네 도깨비들의 혀에 각각 새겨져 있던 '희, 로, 애, 락'.

'그 넷인 상태가 제일 강한 거구나?'

그보다 더 분열되면… 약해진다!!

탄지로는 망설임 없이 두 도깨비를 꼬치 꿰는 것처럼 한꺼번에 찔렀다.

그러나 그 순간.

'뒤에!!'

지면까지 내려온 새 날개를 지닌 도깨비의 본체.

'희(喜)'가 적힌 혓바닥을 일부러 보이듯 입을 벌려서 특대의 괴성을 발사했다.

키이이이잉!!

옆으로 굴러서 충격파를 아슬아슬하게 피했다.

'쓰러뜨려야 해! 한 놈만이라도!'

그래서 빨리 네즈코와 겐야 곁으로…!!

하지만 위로 쳐든 칼이 생각한 것보다 가벼웠다.

'칼로 찌른 입들이 사라졌….'

어느샌가 칼날로 꿰뚫었던 두 도깨비가 사라져 있었다.

새 도깨비가 달려들었다. 그 뒷발의 날카로운 발톱이 탄지로의 가슴팍을 마구 베었다.

파앗 하고 피가 뿜어져 나왔다.

"어떠냐, 나의 발톱은? 이 속도, 예리함!! 금강석도 깨부수는 위력이지!!"

'기쁨'의 새 도깨비 우로기는 공중을 날면서 조소했다.

"달달 떨도록 해라!! 환희의 핏방울을 더욱 터트려 봐!!"

그러나 탄지로는 뒤를 돌아보면서… 웃었다.

“너도.”

우로기의 머리가 세로로 쪼개지며 피가 솟구쳤다. 설마 자신이 베였으리라고는 생각도 하지 못했을 도깨비는 순간 눈을 부릅떴다가 상처 부위에 손을 갖다 댔다.

그 틈을 놓치지 않고 탄지로는 땅을 박찼다.

괴성을 지르려던 도깨비의 머리가 이번에는 턱을 기준으로 해서 가로로 베였다.

“낄낄낄!! 힘내라, 계집. 조금만 더 하면 돼!”

숙소 방에서는 네즈코가 부채 도깨비 카라쿠와 맞서는 중이었다.

“낄낄낄! 얼른! 뭐 하고 있어?”

카라쿠와 도깨비의 힘을 해방해 어른의 체격으로 성장한 네즈코.

네즈코는 카라쿠와 마주 보고 서서 그가 손에 쥔 부채를 휘두르지 못하게 막았다. 카라쿠는 손톱으로 자신을 꿰뚫으려 하는 네즈코의 오른팔을 단단히 붙잡고 있었다.

뿌드득… 하고 살과 뼈가 삐걱거렸다. 한 발짝도 물러설 수 없는 도깨비 간의 힘겨루기였다.

그 광경을 옆에서 지켜보던 석장 도깨비 세키도가 말했다.

"어서 팔다릴 뽑아 버려. 난 더더욱 짜증 나기 시작했다고."

"끼어들지 마! 이 계집은 내 거니까!! 너랑 아이제츠(哀絕)는 딴 데로 가!!"

카라쿠는 즐거운 목소리로 외쳤지만, 아이제츠라고 불린 또 다른 도깨비는 그 말을 들은 체 만 체였다.

"내가 숨통을 끊어 놓을게."

아이제츠가 손에 든 창끝에는 명치를 꿰뚫려서 축 늘어진 겐야의 몸이 있었다. 아이제츠는 창을 뽑아내려 했다.

'……?! 안 빠지잖아?'

그 순간 겐야가 고개를 들고 웃었다.

"네놈의 상대는 나잖아."

퍼엉 소리와 함께 아이제츠의 머리가 박살 났다. 겐야가 왼손에 쥔 쌍대총이 불을 뿜은 것이다.

"어쩌자고 얻어맞은 거야, 아이제츠? 화가 나잖아. 미련한 놈."

어이가 없다는 투로 세키도가 말했다.

머리를 등 뒤에 아슬아슬하게 매단 채로 아이제츠는 아직 겐야의 배에 꽂혀 있는 십문자창을 빼냈다.

제기랄, 빠진다.

커헉 하고 겐야가 피를 토했다.

동시에 아이제츠의 머리는 원래 위치로 슈루룩 돌아왔다.

“즉사하지 못하다니, 슬프구나.”

새빨간 눈으로 겐야를 내려다봤다.

“빨리 죽을 수 있게 급소를 노린 건데, 창을 꽂은 채로 놔두는 바람에 못 죽은 건가? …하지만 이제 죽을 수 있겠….”

응? 하고 아이제츠는 미간을 찌푸렸다.

그 자리에 주저앉아 칼을 쥔 오른손으로 배를 누르고 있는 겐야의 입에서 무언가… 주문 같은 말이 나직하게 들려오기 시작한 것이다.

“…사위국. 기수급고독원. 여대비구중….”

“뭐야? 아미타경인가? 참으로 신심이 깊구나.”

아이제츠가 창을 바로잡으면서 말했다.

세키도가 버럭 외쳤다.

“아직도 살아 있잖아! 머리통을 부숴 버려, 아이제츠!!”

“알고 있으니까, 번번이 호통 치지 마. 나 슬퍼져.”

아이제츠는 창을 마구 휘두르다 겐야의 머리를 향해 내리쳤다.

그러나.

그 칼날은 다다미에 꽂혔다. 겐야의 모습은 그 짧은 순간에 아이제츠의 등 뒤로 이동해 있었다.

"죽을 때까지 몇 번이고 목을 베어 주마!! 이 벌레 같은 놈들아!!"

칼이 아이제츠의 목으로 날아왔다.

하지만 그 칼날이 닿기 전에 콰앙! 하고 세키도의 전격이 겐야의 몸을 관통했다. 충격으로 몸이 공중에 튀어올랐다.

"윽!!"

공중에 떠올라서 겐야는 왼손에 쥔 총의 방아쇠를 당겼다. 목을 보호하려던 세키도의 오른손이 떨어져 나갔다.

세키도가 얼굴을 찡그렸다. 이미 치명상을 입혔을 텐데 왜 겐야가 죽지 않는지 이해가 되지 않아서였다.

아이제츠는 십문자창을 있는 힘껏 휘둘러서 겐야의 옆구리를 세게 후려쳤다. 겐야는 맹장지를 뚫고 옆방으로 내동댕이쳐졌다.

"뭐야뭐야? 저 녀석이 더 즐겁겠는데? 낄낄낄!"

네즈코와 대치하던 카라쿠가 웃으면서 뒤돌아봤다.

"넌 이제 됐어, 계집!"

그 말을 마치자마자 카라쿠는 네즈코의 복부를 향해 강렬한 발차기를 날렸다. 그 발은 몸을 꿰뚫고 등 밖으로 튀어나왔다.

"세키도! 이 도깨비 계집은 팔다릴 뽑은 후에 네 석장으로 찔러서 번개를 계속 내리치면 못 움직일 거야!"

"난 처음부터 그럴 요량이었어."

유쾌한 기색으로 카라쿠는 네즈코의 팔다리를 뽑아내려 했다. 붙잡고 있던 오른팔을 뭉갠 다음, 비틀어서 찢으려 했다.

그런데 다음 순간, 도로 돌려주겠다는 것처럼 밑에서 네즈코의 오른다리가 날아왔다.

빠어억!!

턱부터 정통으로 맞은 카라쿠의 목은 뒤틀리듯이 부러져서 등 뒤로 넘어갔다.

네즈코는 이어서 카라쿠에 의해 거의 찢겨 나간 오른팔을 스스로 비틀어서 피를 마구 뿌렸다.

화륵!! 하고 그 피가 타올랐다.

도깨비의 몸과 능력만 태워 없애는 네즈코의 혈귀술 '폭혈'이었다.

네즈코는 지체 없이 불길에 휩싸인 카라쿠의 오른팔을 잡아 뜯었다. 그 기세 그대로 몸을 비틀어 자신의 배를 관통한 오른쪽 다리의 무릎 아래쪽도 뜯어 버렸다.

"뭐 하고 있는 거야? 이 멍청아!!"

세키도가 고함을 쳤지만, 네즈코의 움직임이 더 빨랐다.

왼손에 쥔 카라쿠의 팔은 아직도 그 팔손이나무 모양의 부채를 쥐고 있었다. 네즈코는 그 팔을 휘둘러서 카라쿠를 향해 부채를 부쳤다.

화악! 하고 터지는 듯한 바람이 불어 닥쳐서 카라쿠의 몸이 하늘 저편으로 날아갔다.

바로 몸을 돌려서 세키도도 날려 버리려던 네즈코였지만, 순식간에 접근한 세키도가 그녀의 목을 석장으로 꿰뚫었다.

콰앙! 하고 번개가 작렬했다.

한편, 옆방에서는 겐야와 아이제츠가 대치 중이었다.

"개시대아라한 중소지식 장로사리불."

피범벅이 되어 다다미 바닥에 무릎을 꿇은 겐야는 계속해서 아미타경을 중얼중얼 외고 있었다.

"…아직도 살아 있는 거야? 왜지?"

아이제츠는 그 이름대로 슬픔이 가득한 눈으로 겐야를 내려다봤다.

"마하목건련 마하가섭. 마하가전연…."

"도대체 뭐야, 넌…?"

킥킥킥 하고 웃으면서 겐야는 일어났다.

"푸하하하! 궁금해?"

창으로 꿰뚫렸을 터인 복부의 상처는 이미 아무렇지도 않은 것인가.

"내 이름은 시나즈가와 겐야! 똑똑히 기억해 둬라!"

왼손의 쌍대총과 오른손의 일륜도를 함께 겨누며 겐야는 아이제츠를 노려봤다.

"네놈을 죽일 사내의 이름이니까!!"

카가아앙!!

급강하하는 우로기를 향해 탄지로는 칼을 휘둘렀다. 그러나 그 공격은 닿지 않았다. 우로기의 뒷발의 날카로운 발톱이 탄

…….
마하목건련
아직도 살아있는 거야? 왜지?
마하가섭
도대체 뭐야, 넌…?
마하 가전연.
킥킥킥.
푸하하하.
궁금해?
내 이름은 시나즈가와 겐야.
똑똑히 기억해둬라.
네놈을 죽일
사내의 이름 이니까.

지로의 얼굴을 할퀴었고, 피가 터져 나왔다.

"크…!!"

눈을 한 번 깜빡일 사이에 다시 날아오르는 우로기를 올려다보면서 탄지로는 이를 악물었다.

'속도가 올라갔다. 빨리 돌아가고 싶은데…!!'

네즈코와 겐야, 두 사람이 있는 건물은 바로 코앞이건만.

'어떻게 해야 되지? 생각해 봐!!'

조금 전에 턱과 혀를 양단했던 일격도 벌써 회복되고 말았다.

'그래!! 지금 이 자리에서 쓰러뜨릴 수 없다면….'

이미 우로기는 다음 공격을 펼치려 했다.

'아냐, 어쩌면 공연히 사태만 악화될지도….'

모르겠다, 모르겠어.

그러나.

'망설이지 마!! 이젠 무조건 해 보는 수밖에 없어!'

탄지로는 일륜도를 낮게 들고 다리에 힘을 줬다.

'네즈코!! 겐야!! 죽지 마!! 곧 그리로 갈 테니까!!'

저기까지 가는 것이다. 단숨에.

'방향을 잘못 잡으면 안 돼. 상대방의 비행 능력과 기세를

이용하자!! 한시라도 빨리 네즈코와 겐야를 구하기 위해서!'

우로기가 비스듬하게 급강하하며 돌진했다. 맹렬한 속도로 마치 지면을 훑듯이, 탄지로를 덮쳐 왔다.

"!!"

그것을 아슬아슬하게 피한다!

콰악!!

몸을 돌리는 동시에 지면을 박차서 온몸으로 돌격했다. 흑도가 우로기를 꿰뚫었다.

"컥!!"

'역시 맞구나. 가벼워!! 그러지 않고서야 이만한 크기의 날개로 이렇게 날아다닐 수 없겠지! 할 수 있어!!'

우로기의 날갯짓에 맞춰서 탄지로가 지면을 차며 얻은 추진력을 고스란히 싣자, 두 사람의 몸은 단숨에 건물의 2층 벽에 격돌했다.

"으아아아!!!"

탄지로는 우로기의 입 안에 꽂아 넣은 일륜도에 온 힘을 실어서 벽으로 밀어붙였다.

쩌억! 하고 벽에 금이 가더니 순식간에 무너졌다. 탄지로와 우로기는 방 안으로 굴러들어 왔다.

"네즈코! 겐야!"

몸을 일으킨 탄지로의 눈에 들어온 광경은.

세키도의 석장에 목을 꿰뚫린 채 끊임없이 전격을 받고 있는 네즈코의 모습이었다.

"네즈코!!"

파직파직파직!! 하고 공기가 진동했다. 눈을 까뒤집은 네즈코는 손가락 하나 움직이지 못하고 번쩍이는 뇌광에 휩싸여 그저 경직되어 있었다.

"그만해…!!"

탄지로는 우로기에게서 떨어져서 세키도에게 달려들었다.

"카라쿠에 이어 우로기(空喜)까지 뭘 하고 있는 거람?"

화가 난다, 화가 나, 라고 중얼거리면서 세키도는 오른손을 치켜들었다. 그 손바닥에서 새로운 석장이 하나 더 주르륵… 돋아났다.

눈 깜짝할 사이에 형태를 갖춘 석장을 세키도는 탄지로를 향해 내리쳤다.

하지만.

콱 하고, 탄지로는 들고 있던 무언가로 석장을 막아 냈다.

그것은 새의 발을 닮은 우로기의 발이었다.

세키도는 주춤했다. 뇌격도 내뿜지 못하고 눈을 부릅떴다.

같은 몸에서 갈라져 나온 살이라면 번개에 내성이 있지 않겠느냐는 탄지로의 감은 정답이었던 모양이다.

'한손으론 목을 벨 수 없다!! 혀를!! 혀를 노리자!!'

탄지로는 일륜도로 세키도의 턱을 베었다.

'혀가 잘리면, 이 도깨비들은 아주 근소하게 회복이 더디다!'

역시나 턱과 함께 혀를 잘린 세키도는 움직임을 멈췄다. 탄지로는 그 틈을 타서 네즈코에게 달려갔다. 목에 꽂힌 석장을 손에 든 우로기의 새 발로 쥐었다. 역시 전격은 흐르지 않았다.

'됐다, 뽑힌다!!'

고개를 뒤로 젖힌 네즈코의 목에서 석장을 뽑아낸 순간.

'이런!! 뒤에…!!'

세키도의 석장이 날아오는 기척. 하지만 피할 수 없었다. 피하기에는 늦었다!

퍼억!

석장이 탄지로의 목덜미에 내리쳐졌…지만, 그것은 아슬아슬하게 피부에 약간 파고든 정도로 그쳤다.

'멈췄다….'

시선을 올리자… 부활한 네즈코가 몸을 일으켜서 세키도의 석장을 두 손으로 붙들고 있었다.

화륵! 하고 화염이 세키도를 감쌌다. 네즈코의 분노의 혈귀술이 작렬한 것이다.

"크…!! 크아아악! 이런 건방진 주술을…!!"

'대단하다!! 네즈코의 피는 효과가 상당해!!'

"네즈코…!!"

탄지로가 여동생 쪽을 돌아본 그때.

부서진 벽 너머로 펼쳐지는 밤하늘에, 나무숲을 가르며 뭔가가 날아오는 것이 보였다.

달빛을 받아 떠오른 그림자는… 카라쿠였다.

오른손에 새로운 팔손이나무 부채를 들고, 카라쿠는 웃었다.

"즐거워 보이는데? 나도 동료로 껴 주라!!"

그 말이 끝나자마자 부웅! 하고 부채를 휘둘렀다.

폭풍이 하늘에서 내려왔다.

압도적인 풍압. 마치 산이 덮쳐누르는 것 같았다.

'이 엄청난 중압감! 몸이 찌부러진다!'

우지지직! 삐걱삐걱!!

건물이 견디지 못하고 붕괴됐다.

투카앙!! 하고 팔손이나무 잎 모양으로 바닥이 꺼지면서, 탄지로와 네즈코는 잔해들과 함께 1층 바닥으로 내던져졌다.

의식을 잃고 꿈쩍도 못 하게 된 두 사람을 하늘에서 착지한 카라쿠, 회복한 세키도와 우로기가 내려다봤다.

"자… 숨통을 끊어 놓자."

카라쿠가 또다시 천천히 부채를 들었다.

제 8 화 예술가 행세

무이치로의 일륜도가 촤악! 하고 물고기 도깨비를 베었다.

"키이이잇…."

신음 소리를 내면서 도깨비는 우수수 무너져 내렸다. 조금 전에 코테츠를 덮쳤던 것과 비슷한 모습의 도깨비였다.

"오옷. 토키토 님! 고맙소이다! 눈 깜짝할 사이에 베었구만!"

도깨비에게 공격받던 오뚝이 가면 남자가 한 손에 손도끼를 든 채로 뛰어왔다.

"카나모리 씨!!"

코테츠가 그에게 달려갔다.

"코테츠 소년!! 무사해서 천만다행이야! 솔직히 이미 죽었을 줄 알았는데!"

"댁이 카나모리라는 사람인가? 내 칼은 준비되어 있고? 빨리 내놔."

무이치로는 카나모리에게 지금 사용 중인 칼을 내밀면서 말했다.

"아이고. 이가 심하게 빠졌네!"

"그래서 마을에 와 있었던 거야."

"그랬구려, 그랬구려! 그럼 칼을 넘겨드리리다."

"…일이 무척이나 빨리 처리되는군."

살짝 의아한 표정을 짓는 무이치로에게 코테츠가 옆에서 "잘됐네요. 그냥 감사하세요."라고 딴죽을 걸었다.

"탄지로가 부탁했거든. 당신 칼을…. 그리고 당신을 이해해 달라고."

카나모리의 말에 무이치로는 놀란 기색으로 중얼거렸다.

"탄지로. 탄지로가…."

"그래서 내가 당신을 맨 처음 담당했던 도공을 조사해 보고…. 참!"

별안간 떠올렸다는 듯이 카나모리는 외쳤다.

“하가네즈카 씨!!”

그리고 허둥지둥 한밤중의 숲속을 달리기 시작했다. 코테츠와 무이치로도 그 뒤를 따랐다.

카나모리가 두 사람을 데려간 곳은 조금 떨어진 나무숲 안의 오두막이었다.

“다행이다! 물고기 괴물은 없네!! 저 오두막에서 작업하고 있었거든!!”

카나모리는 달리면서 오두막을 손가락으로 가리켰다.

“저 안에 토키토 님께 넘겨드릴 칼도 있소!! 그걸 들고, 곧바로 마을 촌장님이 계신 곳으로 가 주시오!!”

“아니, 안 돼.”

“어? 왜?”

무이치로는 갑자기 왼손으로 카나모리의 뒷덜미를 잡고, 오른손으로는 코테츠의 몸을 거칠게 막았다.

“아얏, 열받아!!”

화내는 코테츠에게 무이치로는 안색 하나 바꾸지 않고 조용히 말했다.

“와 있어.”

무엇이 와 있냐고 되물을 새도 없이….

“효옷.”

오두막 바로 옆쪽의 수풀이 흔들렸다. 부스럭거리며 나타난 것은… 도자기 항아리 하나.

그리고 그 항아리 안에서 연기처럼 이형의 그림자가 피어올랐다.

“용케 알아차렸군. 보아하니 네놈은 주(柱)로구나?”

소름 끼치는 창백한 몸이 느릿하게 흔들렸다.

눈의 위치에 달린 2개의 입. 이마와 입의 위치에 달린 눈. 귀와 목덜미에 늘어진 작은 팔. 몸의 옆구리에도 10개 이상의 손이 마치 지네의 다리처럼 줄줄이 돋아나 있었다.

“으악~ 징그러!!”

카나모리와 코테츠가 바닥에 풀썩 주저앉으며 비명을 질렀다.

“효효. 만나서 반갑다. 내 이름은 굣코. 죽이기 전에 잠깐 시간 좀 내주실까?”

상현5 굣코는 추악하게 생긴 머리를 꾸벅 숙였다.

“오늘 밤 그쪽 세 분의 손님에겐 꼭 나의 작품을 보여 주고 싶거든!”

꼬물꼬물 움직이던 곳코는 갑자기 그 많은 손들을 뽐내듯이 양옆으로 벌렸다.

"작품? 무슨 소릴 하는 거야?"

무이치로는 칼을 겨눈 채 어이없다는 말투로 중얼거렸다.

하지만 곳코는 개의치 않고 혼자서 이야기를 진행하기 시작했다.

"그럼 우선 이쪽!"

한 쌍의 손으로 손뼉을 치자 갑자기 지면에 거무스름한 항아리가 나타났다. 그리고 그 입구에서 출렁 하고 뭔가가 튀어나왔다.

"'대장장이의 단말마'올시다!!"

그것은… 인간의 시체를 엉망진창으로 뭉쳐 놓은 덩어리였다.

"……!!"

몇 자루나 되는 칼에 꿰뚫리고 베인 시체. 그것들을 연결해서 마치 조각상처럼 만들어 놓은 것이다.

"잘 보시오. 우선은 이 손!"

곳코는 기쁜 목소리로 해설했다.

"도공 특유의 두툼한 굳은살 박힌 더러운 손을, 나는 일부러! 이걸 전면에 내세웠다오!"

"콘고지 님… 테츠오 씨… 카나이케 씨… 코타로…."

부들부들 떨면서 카나모리가 중얼거렸다. 그들은 모두 마을의 도공들이었다.

그리고 가장 위에서 하늘을 올려다보는 오뚝이 가면은 코테츠의 가면과 비슷한 모양새였다.

"아아아… 테츠히로 삼촌…!!"

코테츠가 울음을 터트렸다.

"그렇소! 말씀하신 대로!!"

곳코는 박수를 짝짝 쳤다.

"이 작품에는 5명의 도공을 호사스럽게!! 아주 풍성하게 사용했지! 그토록 감동해 주시다니!!"

도공들이 쓴 우스꽝스러운 인상의 오뚝이 가면이 부서져서 피범벅이 된 맨얼굴이 언뜻 보였다.

"더욱이 여기에 칼을 꽂아서! '대장장이다운 맛'을 강조했다오!"

그들의 공허한 눈동자. 한이 서린 입가.

"이 오뚝이 가면도 무정한 느낌과 부조리를 표현하기 위해 남겨 뒀지! 이쪽도 당연히 **일부러**… 의도적으로!"

곳코는 신이 나서 실룩이면서 '작품'에 꽂혀 있는 칼 한 자루를 붙잡았다.

"그리고 결정적으로 이것!! 이렇게 칼을 비틀면…."

크아아아악!! 하고.

코테츠 삼촌의 시체가… 비명을 질렀다.

"으아아앙, 그만해…!!"

울면서 달려들려고 하는 코테츠를 카나모리가 필사적으로 막았다.

"어떠시오? 훌륭하지? 단말마를 재현한 거라오!!"

곳코는 소름끼치게 꼬물꼬물 꿈틀거렸다.

"야. 이제 그만해, 이 망할 자식아."

제아무리 무이치로라도 분노에 휩싸여서, 욕설을 내뱉고 단번에 공격에 나섰다.

안개가 양옆으로 길게 뻗치고 칼날이 휘둘러졌다. 하지만 그 칼끝은 허공을 갈랐다.

"아직 작품 설명은 덜 끝났어! 끝까지 제대로 들어!"

항아리로 빨려 들어가듯 모습을 감춘 곳코의 목소리가 어째서인지 오두막의 지붕에서 들려왔다.

올려다보니 언제부터인가 지붕 위에 다른 항아리가 놓여 있었다. 그리고 그 안에서 곳코가 스르륵 나타났다.

'이 항아리에서 저 항아리로 이동할 수 있군…. 오호라.'

무이치로는 시선을 올리자마자 땅을 박찼다.

"내가 심혈을 기울인 건 이 항아리의…."

아직 말하던 중인 곳코를 항아리째 양단…한 줄 알았으나, 베인 것은 항아리뿐이었다.

'이동이 빠르다. 또 놓쳤어.'

공중을 날면서 아래쪽을 봤다. 어느샌가 항아리가 다시 지면에서 흔들리고 있었다.

'다음은 저기다. 정신을 차려 보면 항아리가 나타나 있어. 어떤 식으로 항아리가 튀어나오는 거지?'

"감히 베었겠다? 내 항아리를…. 예술을!! 심미안도 없는 원숭이 놈!!"

항아리에서 스르륵 튀어나온 곳코의 얼굴에는 분노로 굵직한 핏줄들이 불거져 있었다.

"뇌까지 근육으로 되어 있는 네놈들은 내 작품을 이해할 능력이 없겠지! 그 또한 괜찮아!!"

'아니다. 그래도 이만큼 도망 다니는 걸 보면, 아까 그 분열 도깨비와 달리 이 녀석은 목을 베면 죽는 거야.'

야.

이제 그만해,
이 개자식아.

효오….

그러자 그때, 콧코의 짤막한 손 하나에서 슥… 하고 새로운 항아리가 자라났다.

퐁당하고 물이 튀는 듯한 소리와 함께 그 안에서 기묘한 물고기 두 마리가 튀어나왔다.

"금붕어? 뭐지?"

큼직한 눈알이 툭 튀어나온 툭눈금붕어 같은 그 물고기는 공중에서 둥실둥실 헤엄치다가… 별안간 몸을 불룩 부풀렸다.

"천 개의 바늘(千本針) 어살(魚殺)!!!"

두 마리의 금붕어 입에서 무수한 바늘이 발사됐다.

무이치로는 구르듯이 지붕에서 내려와 바늘을 피했다.

"!!"

지면에 착지한 순간, 눈에 들어온 것은 금붕어 한 마리가 카나모리와 코테츠를 향해 바늘을 발사하려는 광경이었다.

"으아악!!"

"코테츠 소년!"

카나모리가 코테츠를 감싸 안고 각오를 굳혔다.

하지만… 느껴져야 할 고통이 찾아오지 않았다.

"앗!"

놀라서 돌아본 카나모리와 코테츠는 저도 모르게 소리를 질렸다.

"토키토 님!!"

무이치로가 모든 바늘을 몸으로 받아 내고 서 있었다.

"방해되니까 숨어 있어."

안색도 바꾸지 않고 금붕어를 향해 칼을 겨누면서 무이치로는 말했다.

피범벅인 그 모습을 보고 카나모리와 코테츠는 자신들의 무력함에 떨면서 후회의 눈물을 흘렸다.

"아아아…."

"미안해요. 내가… 내가…."

몸을 뽈록 부풀린 금붕어가 또다시 비늘을 내뱉었다. 무수히 날아오는 바늘의 비. 무이치로는 화려한 검술로 그 전부를 쳐냈다.

"토키토 씨!!"

소리치는 코테츠를 안고 카나모리는 구르듯이 숲 안쪽으로 도망쳤다.

"효효효…. 바늘이 다닥다닥 꽂혀 무척이나 우스꽝스러운 꼴이로구나."

흐물흐물 꿈틀거리면서 굣코는 웃었다.

“어떠냐? 독 때문에 팔다리가 슬슬 마비되기 시작했지? 정말 우스꽝스러워. 시시한 목숨을 구하느라 이렇게 시시한 데서 목숨을 잃다니.”

그 말을 들은 순간.

또다시 무이치로의 머릿속에 뭔가가 되살아났다.

“있으나 없으나 별로 다를 게 없는 시시한 목숨이니까.”

‘누구지? 기억이 안 나…. 옛날에 이와 똑같은 말을 들은 것 같은데.’

누구한테서 들은 거지?

안개가 낀 것 같은 머릿속에 떠오르는 누군지 모를 남자의 모습. 얼굴도 잘 생각나지 않았다.

‘여름이다. 더웠다. …문을 열어 두었다.’

어딘가의 작고 허름한 오두막 안에 있는 자신.

‘너무 더운 탓인지, 밤이 되고도 매미가 울어 대서 시끄러웠다.’

“효홋. 하지만 이래 봬도 일단은 주(柱)니까.”

귀에 거슬리는 굣코의 웃음소리.

“어떤 작품으로 만들지, 가슴이 설레는걸?”

앗.
!!
토키토
님!!

"시끄러."

무이치로는 지면을 투웅 박차고 항아리 도깨비에게 달려들었다.

"시시한 건 너의 그 수다야."

몰아치는 안개와 함께 무이치로의 칼날이 굣코의 목에 파고들었다.

하지만 그 순간, 도깨비의 손에서 항아리가 또 하나 자라났다.

좌악! 하고 그 안에서 대량의 물이 뿜어져 나왔다.

"혈귀술 '수옥발(水獄鉢)'."

거대한 어항 형태로 변한 물 덩어리. 그 안에… 무이치로는 거꾸로 붕 떠서 갇히고 말았다.

"질식사는 운치가 있어. 아름다워. 그리고 목에 칼날이 닿아 서늘한 느낌… 이건 몹시 짜릿하지…."

굣코는 흥분에 들떠서 말했다.

물속에서 무이치로는 어항 벽에 칼을 꽂았다. 그러나 물은 그저 흐물흐물하게 도신을 감싸 일그러질 뿐이었다.

'안 되겠다. 베이질 않아.'

"도깨비 사냥꾼의 최대 무기인 호흡을 막았다…. 고통에 몸

혈귀술
출렁
'수옥발(水獄鉢)'
출렁

부림치며 일그러질 얼굴을 상상하니 좋아 죽겠는데?"

효횻 하고 도깨비는 웃었다.

"마을을 괴멸시키면 도깨비 사냥꾼들에겐 큰 타격. 도깨비 사냥꾼을 약체화시키면, 우부야시키의 목도 엎드리면 코 닿을 데에 있는 거지… 효효."

웃으면서 황홀한 얼굴로 달을 올려다봤다.

그 달빛 아래를.

까마귀 한 마리가 지금 마을을 향해 날고 있었다.

"서둘러야 해, 서둘러야 해! 마을 사람들이 위험해!"

까마귀를 따라서 밤의 숲속을 달리는 그림자. 땋아 내린 긴 머리카락이 나부꼈다.

끄트머리로 갈수록 분홍색에서 선명한 연두색으로 변해 가는 그 머리카락의 주인은 물론 얼마 전에 이 마을을 떠났을 터인 연주 칸로지 미츠리였다.

"그런데 내가 담당하고 있는 구역이랑 도공들이 사는 마을,

엄청 가까웠구나? 깜짝 놀랐어!!"

언제나 은 대원들에게 업혀서 눈가리개와 귀마개를 하고 들어오기 때문에 알아차리지 못했다.

하지만 지금은 그렇게 이동할 여유가 없는 긴급 사태였다.

까마귀는 달빛을 받으며 마을을 향해 똑바로 날았다.

"자~ 힘내자!!"

그리고 미츠리 역시 전속력으로 달려갔다.

근데 내가 담당하고 있는 지구랑 도공들이 사는 마을,
되게 가까웠구나?
깜짝 놀랐어!!
자—, 힘내자!!

제 9 화 혁도(赫刀)

"적의 습격이다~!!! 도깨비다~!! 적의 습격이다~"

도공들의 마을에 뎅뎅뎅 하고 화재 감시대의 종소리가 울려 퍼졌다.

"각 일족의 당주들을 지켜라!! 주(柱)의 칼들을 꺼내! 촌장님을 피신시켜~!!"

마을 이곳저곳에 등에 항아리를 짊어진 기묘한 물고기 괴물이 나타나 날뛰고 있었다.

총 몇 마리가 있는지도 알 수 없었다. 모두 물고기의 몸통에 살찐 사람의 팔다리가 달려 있었다.

"으아아아악!!!"

감시대로 기어 올라온 한 마리가 종을 울리던 남자를 잡아먹었다.

교옷, 교옷 하고 울면서 물고기 도깨비들은 마을을 점차 유린해 갔다.

"크아악!!!"

"테츠고로~!!!"

골목길을 꽉 틀어막은 거대한 물고기 도깨비.

"으아아악."

저마다 손에 무기를 들고 맞서는 오뚝이 가면의 도공들.

"조심해! 이 괴물은 손톱이 날붙이처럼 날카로우니까!! 일단 건물 안으로 도망쳐."

등을 베여서 피가 솟구쳐 나오는 동료를 안고 남자들은 슬금슬금 후퇴했다.

하지만 사방이 도깨비 천지였다. 비린내가 자욱하고 물고기가 파닥파닥 펄떡이는 것 같은 불길한 소리가 들렸다.

"어흑."

"안 되겠다!! 뒤로 물러서, 물러서!"

여기저기서 들려오는 비명. 고함.

그때.

채앵 하는 선명한 참격의 소리와 함께 도깨비 한 마리가 두 동강 났다.

"?!"

도깨비와 씨름하던 남자들이 올려다본 하늘에서 가볍게 공중제비를 넘는 그림자.

"늦어서 미안해요!! 곧 모조리 쓰러뜨릴게요!!"

분홍색 긴 머리카락을 나부끼면서 유연한 몸이 뛰어올랐다.

눈으로 좇을 수 없는 빠르기로 골목을 종횡무진 누볐다. 여기저기 있던 도깨비들이 차례차례 칼을 맞고 쓰러졌다.

"오오오옷. 주가 왔다. 굉장해!!"

칸로지 미츠리임을 남자들이 깨달은 무렵에는 골목에 잔뜩 있던 도깨비들이 모두 먼지로 변한 뒤였고, 미츠리의 모습도 없었다.

"빠르다…. 강하다…."

"귀여워서 잊고 있었지만, 원래 세지? 주들은…."

다친 동료의 상처를 꾹 누르면서 남자들은 멍하니 서로의 얼굴을 마주 보며 말했다.

"초… 촌장님…."

촌장의 저택은 지붕도 벽도 뚫려서 이미 반파된 상태였다.

한층 더 거대한 물고기 도깨비가 굵직한 양팔로 두 명의 인간을 붙잡아 들어 올렸다. 그중 한 명은 마을의 촌장인 텟친이었다.

자그마한 몸이 끼기긱, 뿌드득 소리를 내며 삐걱거렸고, 오뚝이 가면의 입 끝에서 선명한 피가 쿨럭 뿜어져 나왔다.

도깨비의 발밑에 굴러다니는 몇 구의 시체는 귀살대 대원복을 입고 있었다.

'마을에 상주하며 경호하고 있던 귀살대원들이 싱겁게 당해 버렸다….'

벽 쪽에 쓰러져 있던 오뚝이 가면의 남자가 몽롱한 의식을 다잡으며 도깨비를 올려다봤다.

'마을에서 가장 뛰어난 기술을 가진 촌장님이 죽게 놔둬선 안 돼.'

어떻게든 몸을 일으키려 했다. 그러나.

'너무 커, 이 괴물…. 공격이 전혀 먹히질 않아…. 동작도 기묘하게 빠르고.'

그래도 남자는 왜장도(倭長刀)를 쥔 손에 힘을 실었다.

"?!"

그때 눈앞에 처억 하고 다리 2개가 나타났다. 남자는 눈을 부릅떴다.

"움직이지 않는 게 좋을 거예요! 당신은 아마 내장을 다쳤을 테니까."

"카… 칸로지 님…!!"

남자를 보호하고자 막아선 사람은 칸로지였다.

뭔가 가늘고 길게 빛나는 것이 그녀의 몸 주변에서 나부꼈다. 낭창낭창한 채찍처럼, 혹은 한 가닥의 리본처럼.

그것은 미츠리가 쓰는 일륜도의 칼날이었다.

'뭐지, 이 칼은? 촌장님이… 텟친 님이 만든 건가? 소문으론 들어 봤지만, 참으로 기묘한….'

남자가 미츠리의 칼에 시선을 빼앗긴 그때.

"오오오오오오!! 오오옷!!!"

물고기 도깨비가 포효했다. 텟친을 손에 쥔 채로 미츠리를 향해 돌진했다.

미츠리의 칼이 휘리릭 휘었다.

"사랑의 호흡 제1형! 첫사랑의 떨림!!!"

미츠리가 다다미 바닥을 차고 미끄러지듯이 도깨비의 복부 아래를 통과했다. 그와 동시에 기다란 리본 같은 도신이 넘실거리면서 도깨비의 몸을 휘감아 베었다.

“오?”

눈을 한 번 깜빡이는 것보다도 짧은 시간. 도깨비는 무슨 일이 일어났는지도 모른 채 튀어나온 눈을 번뜩였다.

“난 쓸데없이 사람을 다치게 하는 녀석에겐 가슴이 찡해지지 않아.”

미츠리가 그 말을 내뱉은 동시에.

도깨비의 몸은 무수한 파편으로 변해 파스스 무너져 내렸다.

“아앗….”

“텟친 님!!”

삽시간에 먼지로 변하는 도깨비의 팔에서 마을 촌장의 몸이 추락했다. 간발의 차로 미츠리가 뛰어가서 받아 냈다.

“괜찮으세요? 텟친 님!! 정신 차려 보세요…!!”

“윽….”

“텟친 님! 들리세요?”

눈물을 지으며 미츠리는 마을 촌장을 꼭 껴안았다.

텟친은 바들바들 떨면서 말했다.

움직이지
않는 게
좋을 거예요!
당신은
아마 내장을
다쳤을 테니까.

"젊고 귀여운 처자 품에 안겨서 꽤 행복…."

"어휴, 텟친 님도 참~!!"

새빨개진 미츠리에게 도깨비 손에 잡혀 있던 다른 한 명의 남자도 힘없이 손을 뻗었다.

"저도 머리부터 떨어졌어요…. 손 좀 잡아 주세요…."

"어머, 죄송해요! 괜찮으세요?!"

미츠리가 황급히 손을 뻗자, 그녀 품의 텟친이 불만스러운 목소리로 "넌 빠져…."라고 투덜댔다.

급격하게 긴박함이 사라진 공간에서 왜장도를 든 남자도 다행이라고 중얼거리면서 정신을 잃었다.

'…뭐지?'

화악… 하고 풍기는 냄새.

'뭘까, 이건…? 이 냄새는….'

"이리저리 도망 다니지 마아아!!"

도깨비의 호통과 동시에 콰앙!! 내리치는 특대형 번개.

"크헉…."

파직파직! 하고 전격이 몸을 관통했다.

탄지로는 자신을 네즈코가 어깨에 들쳐업고 있다는 것을 깨달았다.

'맞다, 난 부채 도깨비의 공격을 받아 기절해 있었지…?! 네즈코가 먼저 의식을 되찾았구나.'

네즈코는 의식이 없는 오빠를 짊어진 채로 도깨비 셋의 공격을 피해 거의 다 무너진 건물 안에서 필사적으로 도망쳐 다닌 모양이었다.

공중에서 새 도깨비 우로기가 돌진해 왔다. 겨우 팔다리에 힘이 돌아온 탄지로는 네즈코와 넘어지듯이 그 공격을 피한 뒤에 몸을 숨기고자 옆방으로 뛰어들었다.

"쳇. 에잇, 답답하다!! 카라쿠!! 이 건물을 통째로 날려 버려!!"

세키도가 석장을 불끈 쥐며 소리쳤다.

"낄낄! 굳이 시키지 않아도 그럴 셈이야!"

카라쿠가 부채를 세차게 부치자 회오리 같은 돌풍이 화악 불어 닥쳤다.

이미 반쯤 무너져 있던 건물은 순식간에 콰르르 부서지며 공중에 휘날렸다.

탄지로와 네즈코도 기둥이나 벽과 함께 휩쓸려 올라갔다.

'생각해!! 생각해 봐!!'

소용돌이치는 바람 속에서 네즈코와 서로의 손을 꽉 마주잡으며 탄지로는 필사적으로 머리를 회전시켰다.

'적에게 큰 타격을 안겨 줄 방법을…. 금세 회복하지 못하게 막는 공격을!'

"?!"

강풍에 시달리면서 네즈코가 탄지로의 일륜도의 칼날을 손바닥으로 꽉 쥐었다.

공중으로 휘몰아쳤던 건물 잔해들은 곧이어 지면으로 쏟아져 내렸다. 탄지로와 네즈코도 함께 내동댕이쳐졌다.

"낄낄낄! 전망이 아주 탁 트였구만."

"자, 이제 이리저리 숨어 다닐 곳도 없겠지."

'제기랄!! 돌무더기가…!!'

네즈코의 몸이 돌무더기에 반쯤 파묻혔다.

"네즈코, 걱정 마. 절대 버리지 않을 거니까! 칼에서 손을 떼!"

네즈코는 날카로운 도신을 아직도 단단히 붙잡고 있었다.

"돌무더기 치우게! 네즈코, 이러지 마. 손가락 잘려!!"

땅에 엎드린 채로 네즈코는 양손으로 칼날을 쥐었다. 손바닥이, 손가락이 베여서 선혈이 칼날을 휘감듯이 흘렀다.

"네즈코!! 그만!!"

그때.

화륵!! 하고 칼이… 칼에 묻은 네즈코의 피가 타올랐다.

'네즈코의 피로 칼이 불타고 있다!'

불꽃이 비추는 일대가 순식간에 환해졌다.

칼날의 색깔이 바뀌어 갔다. 온도가 올라가서 까만 칼이 빨개졌다…!!

폭발하는 피를 휘감아… 이건…!!

"폭혈도(爆血刀)!!"

그 새빨간 도신을 본 순간.

탄지로의 뇌리에 한 여성의 모습이 떠올랐다.

"빨개졌어요."

누구지? 모르겠어.

폭혈도
(爆血刀).

아직 젊은 여성. 기모노를 입고 머리에 수건을 감고 있었다.

“무사님의 칼은 싸울 때만 빨개지는군요. 왜 그러지? 신기하네.”

소박하고 다정한 인상의 여성.

감자가 든 소쿠리를 안고 이쪽을 들여다보듯이 환하게 웃고 있었다.

“평소엔 흑요석 같은 칠흑빛이구나. 너무 예쁘네요.”

누구지?

‘그래. 이건… 유전된 기억이야.’

그때 코테츠가 이야기했던 기억의 유전.

꿈에서 본 검객과 시골집에 사는 가족의 꿈.

그 꿈에 나왔던 젊은 여성이었다.

‘이 무사라는 건 그 귀고리를 찬 검객을 가리키는 건가?’

그 검객의 칼은 칠흑빛이었나?

‘나도 그와 똑같은 흑도(黑刀)인데.’

탄지로는 손에 쥔 자신의 칼을 응시했다.

'내 칼도 지금 빨개졌다…. 색깔이 변했어.'

네즈코의 피로 인해 빨개진 칼이니까 필시 그 검객과는 방식이 다르겠지만, 지금 이 칼은 그와 똑같아졌다.

돌무더기 밑에서 네즈코가 강한 눈빛으로 탄지로를 올려다봤다.

'스스로 강해졌다 생각해도 도깨비는 그보다 더 강하고… 살아 있는 몸은 상처 입고 만신창이가 돼.'

하지만, 그때마다 누군가가 구해 준다.

목숨을 이어 준다.

'난… 그것에 부응해야 해.'

나에게 힘을 빌려주는 모두의 소망은, 바람은… 오직 하나뿐이다.

도깨비를 쓰러뜨리는 것… 사람의 목숨을 지키는 것.

'난 그것에 부응해야만 해!!!'

탄지로는 불타는 칼을 겨누고 도깨비들을 쏘아봤다.

"어차피 잔꾀 부려 봤자 날 못 이겨. 칼에 베여도 아프거나 가렵지도 않아!"

우로기가 돌진해 왔다.

그러나 그의 뒤에서 탄지로를 보던 세키도는 뭔가를 감지하고 눈을 크게 떴다.

'불타는 칼날… 혁도(赫刀).'

직접 본 적은 없을 터인, 어느 무사의 모습이 떠올랐다.

'무잔 님의 기억.'

도깨비가 될 때 나눠 받은 키부츠지 무잔의 피. 거기에 깃들어 있던 무잔 본인의 기억이었다.

공중에서 덮쳐 오는 우로기를 향해 탄지로가 불타는 칼을 들었다.

'무잔 님을 궁지에 몰아넣고, 그 목을 거의 벨 뻔한 검객의 칼.'

그의 이마에 있던 불꽃 모양의 반점이 점점 빨갛고 진해지면서 눈으로, 그리고 뺨으로 퍼져 갔다.

'그 모습이 겹친다.'

저 애송이와. 기억 속 무사의.

이마의 반점. 귀고리. 혁도.

그리고.

"히노카미 카구라! 햇무리의 용 두무(頭舞)!!"

그 모습이
겹친다.

현란한 보법으로 탄지로가 세 도깨비의 사이를 통과했다.

구불구불 휘어지는 칼놀림은 새빨간 불꽃의 용으로 변해 똬리를 틀고, 꿈틀거리고, 포효했다.

우로기의. 카라쿠의. 세키도의 목을… 그 한순간에 모두 베어 냈다.

'줄곧 생각해 왔다…. 그 일격에 대해.'

세 명의 도깨비를 베고 몸을 돌리면서… 탄지로는 칼을 고쳐 잡았다.

'규타로의 목을 벤 그 일격에 담긴 위력의 이유를.'

유곽에서의 임무에서 상현6 규타로의 목을 베었던 혼신의 일격의 이유를.

'그 순간의 감각, 호흡, 힘을 주는 방법.'

그때 불타듯이 뜨거워졌다. 온몸… 그리고 이마가.

알았다. 감을 잡았다.

'이젠 할 수 있어.'

이제 한 놈 남았다. 도깨비는 네 놈 있었다. 한꺼번에 네 놈을 다 베어야 해.

'남은 한 놈은….'

분명 붕괴된 건물 안에 있을 것이다. 탄지로는 주변을 빠르게 둘러봤다.

"!!"

숲속. 사람 그림자. 이쪽을 등지고 서 있는 남자.

"겐야!!! 무사했구나!!"

겐야의 앞에는 창에 꿰뚫린 도깨비가… 아이제츠가 나무에 박혀 있었다. 머리는 없었다.

겐야의 왼손에 머리카락이 잡힌 채 머리가 힘없이 매달려 있었다.

"네 번째 놈의 머리를 베었어!!"

됐다!! 됐어!! 동시에 했나?! 동시에 벤 거라면….

"겐…."

말을 걸려다 말고 탄지로는 화들짝 놀랐다.

뒤를 돌아본 겐야의 그 얼굴.

새빨간 눈. 얼굴에 불거진 무수한 검푸른 혈관. 이를 악문 입가에 보이는… 송곳니.

‘?! ?! ?! 겐야 맞나?!’

뭐지, 저 모습은?

‘마치….’

도깨비.

“크아아아!!”

소리를 지른 것은 탄지로의 등 뒤에 있던 카라쿠였다.

“뭐야, 이 참격은?! 재생이 안 되잖아!! 타들어 가듯이 아파!!”

떨어진 목을 제자리에 돌려놓으려고 애쓰며 신음하는 카라쿠를 바닥에 앉은 세키도가 꾸짖었다.

“진정해. 보기 흉하니까!! 느리지만, 재생 자체는 되고 있어!”

죽지 않는다. 아직 재생하려 한다. 모든 도깨비들이.

탄지로는 도깨비들의 대화를 들으면서 아직 돌무더기 밑에 깔린 네즈코에게로 서둘러 돌아갔다.

‘공격은 통했다!! 겐야의 상태는 잘 모르겠지만, 한 놈 베어 준 덕분에 깨달았어…. 아마도 네 놈을 동시에 베어 봤자 규타로 남매처럼 쓰러뜨릴 순 없을 거야!!’

이 희로애락 도깨비들을 공격하는 건 거의 의미가 없다.

‘줄곧 궁금했던 게 있어. 목이 급소가 아니라는 게 가능한 일

?!
?!
?!
겐야 맞나?!
뭐지, 저 모습은? 마치….
크아아아!!

인가?'

"네즈코!"

잔해 더미를 깨부숴서 네즈코를 꺼내 품에 꼭 안았다.

'위화감의 정체…. 순간적으로 났던 그 냄새.'

조금 전 기절 상태에서 깨어날 때 맡은 그 냄새.

'그래. 그건… 다섯 번째 놈의 냄새다!!'

탄지로는 주변을 둘러봤다.

'다섯 번째 놈이 있는 거야!! 찾아내야 해…. 다섯 번째 도깨비의 목이 분명….'

그때 갑자기 옆에서 뻗어 온 팔이 탄지로의 멱살을 움켜쥐었다.

"으악…."

"기고만장…하지 마."

"겐야!!"

겐야는 새빨간 눈으로 탄지로를 노려봤다.

"상현을 쓰러뜨릴 사람은… 나니까!!!"

거친 숨을 헉헉 몰아쉬면서 탄지로의 목을 뿌드득 졸랐다.

"상현6을 쓰러뜨린 건 네 실력이 아니야! 그래서 넌 주가 되지 못한 거지."

"앗! 으응, 맞아!"

십이귀월을 쓰러트리면 주로 승격할 수 있다. 그것이 귀살대의 규칙이었다. 겐야는 그 이야기를 하는 것이리라.

"너 같은 놈보다 내가 먼저…."

"겐야!! 침 흘리고 있어. 너 왜 이래?! 내 목을 조르고!"

"주가 되는 건 나야!!!"

"아하!! 그렇구나? 알겠어!! 나와 네즈코가 전력을 다해 엄호할게!! 셋이서 힘내자!!"

탄지로는 상태가 이상한 겐야 상대로도 주눅 들지 않고 대답했다.

"분명 다섯 번째 도깨비가 있을 거야! 찾아볼 테니 시간 좀 벌어 줘!!"

"……."

겐야는 순간 허를 찔린 표정을 지었지만, 그래도 계속 탄지로에게 따지고 들었다.

"네 속셈 다 알아. 그런 식으로 방심시켜서…."

그러나 탄지로의 눈은 반짝반짝 빛났다. 티끌 한 점 없는 눈동자를 보고 겐야는 할 말을 잃었다.

"……."

"위험해!!"

콰아앙!! 하고 번개가 떨어졌다. 탄지로는 겐야를 밀쳐서 피하게 했다.

세키도의 번개였다. 탄지로는 급히 몸을 돌렸다.

"다섯 번째 놈을 발견하면 바로 알려 줄 테니까!! 네즈코만은 베지 않도록 조심해 줘! 내 누이동생이니까!"

당황한 겐야에게 외치면서 탄지로는 주변을 수색했다.

'분노 도깨비가 이미 부활했다!! 서둘러!!'

찾아라!! 집중해!! 어디지?!

'부채 도깨비가 바람을 써먹은 덕분에 온천의 유황 냄새가 싹 날아갔다.'

줄곧 탄지로의 후각을 둔하게 만들었던 온천의 냄새가 옅어진 지금이라면.

지금이라면.

그래. 저기 저편, 수풀 안에서 풍겨 오는 희미한 냄새가.

그곳에는.

"괜찮아…. 난 걸리지 않아…. 괜찮아…. 나쁜 놈들은 히로애락이 쓰러뜨려 줄 거야…."

덜덜덜, 부들부들 떠는… 다섯 번째 도깨비가 숨어 있었다….

제10화 인정받고 싶었다

'있다!! 있다!! 있다!!'

찾았다…!!!

"겐야!!! 북동쪽을 향해 일직선으로!!"

탄지로는 외쳤다.

"다섯 번째 놈은 낮은 위치에 몸을 숨기고 있어!! 그쪽으로 가 줘!! 엄호할게!!"

끊임없이 내리치는 세키도의 번개 속에서 겐야는 북동쪽을 향해 달리기 시작했다.

"네즈코!! 겐야를 도와줘!! 도깨비가 겐야를 방해하지 못하게 막아!!"

카라쿠의 부채가 부웅! 나부끼자 공기가 단단한 덩어리가 되어 탄지로를 날려 버렸다.

'날아가면 안 돼!! 이 자리를 절대로 떠나선 안 돼!'

지면에 꽂은 칼과 나무줄기를 양손으로 붙잡고 필사적으로 자세를 바로잡으려는 탄지로의 시야 가장자리에서 세키도가 석장을 드는 것이 보였다.

'이런! 번개 공격도 날아온다!!'

타앙! 하고 땅을 박차서 네즈코가 세키도에게 달려들었다. 그러나 옆에서 뛰어든 아이제츠의 창이 네즈코의 몸을 관통하고 뒤쪽의 나무줄기에 박혔다.

하지만 그 순간을 놓치지 않고 탄지로도 움직였다. 불꽃을 휘감은 혁도가 순식간에 석장을 든 세키도의 팔을 잘라 냈다.

'저 꼬맹이… 아까보다 더욱 빨라졌다!'

세키도는 화염의 궤적 너머에서 일렁이는 탄지로의 뒷모습을 노려봤다.

'아니, 애당초… 처음 만난 시점에 이미 그분이 주신 정보보다도.'

차원이 다른 반사 능력. 싸움에 대한 적응. 최고 위기에 보여 주는 폭발적인 성장.

혁도가 번쩍이고, 우로기의 날개가 양단되는 것이 보였다.

한편, 아이제츠에 의해 나무에 고정된 네즈코 역시 전혀 기가 꺾인 기색 없이 자신에게 돌진해 온 아이제츠의 머리를 오른손으로 잡았다. 도깨비의 이마에 돋친 뿔이 손바닥을 관통했음에도 그대로 뿔까지 함께 붙잡아 몸을 일으켰다.

"!"

뭔가를 감지하고 피하려 한 도깨비를 네즈코는 정면으로 달려들어 껴안았다. 배가 창에 꿰뚫린 채로 양팔과 양다리를 감아 단단히 매달려서 그 피를 단숨에 불태웠다.

"크! 아악!!"

화르르르륵!! 하고 아이제츠가 불길에 휩싸였다.

'낭패다.'

세키도는 뒤돌아섰다. 또 하나의 분신을 찾았다.

'카라쿠. 카라쿠!!'

카라쿠는 탄지로를 향해 혼신의 부채 일격을 내리치려는 참이었다.

콰과앙! 소리와 함께 지면이 팔손이나무 잎의 모양으로 움

푹 꺼지고, 탄지로를 짓눌렀다.

"크헉!"

이겼다고 생각했는지, 카라쿠는 이번에는 겐야를 찾아 부채를 치켜들었으나 그 팔은 불길에 휩싸여서 세로로 쪼개졌다.

부채가 다 타 버렸다. 휘두르기 직전에 탄지로의 칼날이 먼저 닿았던 것이다.

"이 자식이!!"

분노에 찬 카라쿠가 탄지로를 짓밟으려 했다. 하지만 탄지로는 땅바닥을 굴러서 피하고 소리쳤다.

"겐야!! 오른쪽이야. 남쪽으로 이동하고 있어!! 어서 찾아줘!!"

'찾고 있어!! 찾고 있다고, 계속!'

겐야는 이를 뿌득뿌득 갈면서 숲속을 달리고 있었다.

'주술인가?! 또 뭔가 주술을 이용해 안 보이는 건가?!'

제기랄!! 제기랄!! 제기랄!! 어디야?!

'오래 끌면 끌수록 우리 쪽이 소모되는데.'

"서쪽이야. 좀 더 오른쪽!! 가까운 데에 있어!! 낮아!!"

탄지로의 목소리가 들려왔다.

서쪽. 오른쪽. 낮은 장소.

'어디야?!!! 어….'

필사적으로 찾던 시선의 끝.

발밑의 작은 덤불 그늘에… 있었다.

히이익… 하고 가냘프게 울면서 덜덜 떠는… 손바닥 위에 올라갈 만한 크기의 도깨비.

작고 작은, 기모노를 입은 노인 모습의 도깨비.

'작아!!!'

겐야는 재빨리 총을 쐈지만, 도깨비는 아무렇지도 않은 모습으로 다시 우는소리를 내면서 도망쳤다.

'엄청 작잖아? 본체가 이놈인가?! 이놈이?!'

총은 무리였다. 표적이 너무 작았다. 겐야는 일륜도를 겨누고 그 뒤를 쫓았다.

'빌어먹을! 보통 이런 걸 어떻게 찾아내냐? 들쥐만 한 크기구만.'

히이익, 히이익 하는 처량한 울음소리가 화를 더욱 돋웠다.

'저 네 놈은 너무 강력해. 저런 것들을 이 꼬꼬마가 조종하고 있단 말이야?! 저 네 놈을 상대하면서 이 생쥐를 잡아야 되다니, 더럽게 성가시네!'

겐야는 도망치는 도깨비를 따라잡아서 칼을 휘둘렀다.

'이제껏 귀살대 인간들이 어떻게 당해 왔는지, 그 구도가 훤히 보인다!'

웃기고 있네. 이 교활한 것들!! 분통을 금할 길이 없어!!

분노를 담아 내리친 칼날이 도깨비의 목에 닿았다.

"크아악."

도깨비가 비명을 질렀다.

'됐다. 할 수 있어!! 이겼어….'

그런데.

채애앵 하고 칼날이 부러져 날아갔다.

'아… 안 잘려!! 안 잘려!!'

도깨비는 저항도 하지 않고 벌벌 떨고 있을 뿐인데. 어째서.

'말도 안 돼!! 말도 안 돼!! 이렇게… 손가락 하나 굵기밖에 안 되는 목인데?'

겐야는 이번에는 표적을 정확하게 조준하고 총을 들었다. 이 작은 몸을 총알로 부서트리면 그만이었다.

타앙! 타앙!

두 발의 총알은 명중한 것이 분명한데.

"히이익."

도깨비는 멀쩡했다. 살아 있었다.

'안 통해!!'

그 순간.

등 뒤에서 짤랑 하고 석장의 쇠고리가 울리는 소리가 들렸다.

덮쳐 오는 도깨비의 기척. 세키도였다.

'아뿔싸. 너무 꾸물거렸구나….'

그 석장의 밑동이 겐야의 목덜미를 향했다.

이제. 꽂힌다. 지금.

'못 피하겠다. 당하겠어. 목은 회복되지 않는데.'

죽음이 다가오는 것을 느끼자… 겐야의 머릿속에 형의 뒷모습이 떠올랐다.

'형.'

귀살대 풍주 시나즈가와 사네미.

'난 주가 되어… 형에게 인정받고 싶었어.'

그리고 '그때' 일을… 사죄하고 싶었다….

겐야의… 시나즈가와 형제의 어머니는 체구가 작은 사람이었다.

아침부터 밤까지 내내 일만 했다. 겐야는 어머니가 자는 모습을 본 적이 없었다.

아버지는 몸집도 크고 형편없는 작자였다. 남에게 원한을 사서 칼에 찔려 죽은 것도 자업자득이었다.

아버지는 아내와 아이들을 자주 때렸다. 그렇게 작은 몸으로 괴물 같은 아버지를 겁내지도 않고 아이들을 감싸 주었던 어머니는 실로 대단한 사람이라고 겐야는 생각했다.

그것은… 몇 년 전이었을까.

"엄마가 안 돌아오네? 괜찮을까?"

좁은 방에 빼곡히 깔린 이불 위에서 겐야와 동생들은 밤이 깊었는데도 돌아오지 않는 어머니를 기다렸다.

겐야의 형제는 7명. 장남 사네미, 차남이 겐야. 그리고 그 밑으로 남동생과 여동생이 5명 있었다.

"걱정 마. 형이 찾으러 나갔으니까."

아직 어린 막내 남동생을 품에 안고 겐야는 동생들에게 말했다.

“그래도….”

“이제껏 이렇게 늦은 적이 없는데. 곧 동이 트겠어.”

창가에서 바깥을 내다보던 여동생이 말했다.

“괜찮아. 피곤할 텐데 얼른 자. 깨고 나면 엄마도, 형도 돌아와 있을 테니까.”

겐야가 그렇게 말했을 때, 누군가 현관의 덧문을 쾅쾅 두드리는 소리가 들렸다.

“엄마다!! 엄마!!”

동생들이 신나서 뛰쳐나갔다.

하지만 그 난폭한 소리에 겐야는 불안을 느끼고 외쳤다.

“잠깐만!! 열지 마!! 엄마가 아닐지도 몰….”

그때… 모든 것이 끝났다.

뭔가가 덧문을 부수듯이 쳐들어왔고,

‘앗.’

동생들을 차례차례로,

‘아앗!!!’

날카로운 손톱으로 베고, 찌르고… 그리고 겐야의 얼굴을 가로로 길게 할퀴었다.

‘짐승인가?! 들개… 아니!! 늑대다!!’

시커먼 그림자가 공중으로 뛰어올라 천장을 차고 덮쳐 왔다.

'어두워서 잘 안 보여. 빠르다!!'

당하겠어!

그 순간, 다른 그림자가 뛰어들었다. 지금 그야말로 겐야를 덮치기 직전이던 늑대 같은 괴물을 단단히 붙잡고는 어깨에 짊어지고 창문을 향해 돌진했다.

"겐야, 도망쳐!!"

"형!!"

형인 사네미였다. 사네미는 그 누군가를 짊어진 채 2층의 창문을 뚫고 아래의 길바닥으로 굴러 떨어졌다.

"슈야!"

겐야는 품 안의 동생을 봤다. 피로 물들어서 새빨갰다. 목을 베인 상태였다.

"히로시! 코토! 테이코! 스미!"

모두 다 당했다. 방이, 이불이 전부 새빨간 피로 물들어 있었다.

"상처 부위를 꾹 누르고 있어! 바로 의원을 불러올 테니! 조금만 더 힘내!"

움직이지 않는 동생들에게 외친 다음 겐야는 집 밖으로 허둥지둥 뛰쳐나왔다.

동이 트기 전인 어슴푸레한 골목을 맨발로 내달렸다. 그 정면에,

"?!"

형 사네미가 서 있었다.

왼손에는 손도끼를 들고, 피를 뒤집어써 흠뻑 젖어 있었다.

그리고 그 발밑에 나뒹구는 것은.

"…엄마!!"

손도끼에 베여서 피범벅이 된 어머니였다.

"으아아아앙, 엄마!! 엄마!!"

겐야는 어머니에게 달려가 몸을 일으켜 안았다. 하지만 이미 숨을 쉬지 않았다.

"왜!! 왜 그랬어!! 왜 엄마를 죽인 거야!! 으아아아앙."

겐야는 어머니의 시신을 끌어안고 울부짖으며 형을 매도했다.

"살인자!! 살인자…!!"

'심한 말해서 미안해. 형.'

지금은 알 수 있었다. 알고 있다.

왜!!
왜 그랬어!!
왜 엄마를
죽인 거야!!
우와아아앙.
살인자!!
살인자——!!
심한 말해서
미안해.
형.

'전부, 전부 변명밖에 안 되겠지만, 혼란스러웠어….'

슈야도, 히로시도, 코토도, 테이코도, 스미도 싸늘하게 식어 대답도 없고.

틀렸다, 이젠 다 죽었다, 라는 걸 깨달아 버렸고.

그 늑대는. 늑대인 줄 알았던 상대는.

'도깨비로 변한 엄마였다.'

우리를 지키기 위해 싸우고, 동이 트기 시작한 바깥쪽에 떨어지고 나서야 비로소 가족을 공격한 것이 엄마라는 사실을 깨달았을 때, 형은 어떤 심정이었을까.

세상에서 가장 사랑하는 엄마를 죽이고, 충격에 휩싸여 있을 때, 필사적으로 지켜 준 동생에게 매도당하고 어떤 심정이었을까?

'함께 지키자고 약속한 직후였는데….'

"겐야."

그것은 아버지가 죽고 며칠 후의 일이었다.

"가족들은 우리 둘이서 지키자. 아버진 칼에 찔려 죽고 말았어."

해가 저물어 가는 길을 걸으며 형은 이야기했다.

"그런 인간은 차라리 없는 게 더 후련하지만, 아버지가 없어지면 다들 불안해할 테니까… 앞으로는 너랑 내가 어머니랑 동생들을 지키는 거야."

"알았지?"라고 형은 말했다.

노을이 주변을 새빨갛게 물들이고 있었다.

"앞으로는이 아니라 앞으로도…겠지."

흥 하고 콧방귀를 뀌면서 의기양양하게 말하는 겐야.

형은… 환하게 웃었다.

'미안해, 형… 끝내 사죄하지 못한 채로 나는 죽어.'

세키도의 석장이 바로 지금, 뒷목에 엄습했다.

'나 좋을대로 형이 날 향해 웃어 주던 시절의 주마등을 보면서.'

난 재능이 없었던 거야, 형.

호흡도 쓸 줄 모르고. 주는 될 수 없어.

'주가 되지 않으면 주를 만날 수 없는데. 노력해 봤지만 무리였어.'

"너 같은 굼벵이는 내 동생이 아니야. 귀살대 따윈 관둬 버려."

겐야가 입대한 뒤에 그렇게 말하던 형의 차가운 눈동자.

'왜?! 난 형의 동생인데!!'

"겐야~!!! 포기하지 마!!"

탄지로는 재빨리 달려와서 세키도의 팔을 잘라 냈다. 금방이라도 겐야의 목덜미에 꽂히려 한 석장이 종이 한 장 차이로 비껴갔다.

"다시 한번 노려 봐!! 다시 한번 목을 베어 봐!"

공중제비를 돌면서 탄지로는 외쳤다. 겐야가 어안이 벙벙해져서 이쪽을 올려다봤다.

"절대로 포기하지 마!! 다음번에는 벨 수 있어!! 내가 지켜 줄 테니까!! 목을 베는 것만 생각해!!"

착지하면서도 탄지로는 계속 소리쳤다.

"주가 되겠다면서?! 시나즈가와 겐야!!

하지만 그때.

'아뿔싸. 뒤에…!!'

창을 든 도깨비, 아이제츠가 탄지로를 향해 똑바로 돌격해 왔다.

"격루자돌(激淚刺突)!!"

창이 내뿜는 무수한 충격파가 탄지로를 덮쳤다. 너무 가까워서 피할 수 없었다.

'이런! 맞았다!! 정통으로….'

…어라?

아픔이 없었다. 그 자리에 웅크려 앉은 탄지로는 영문을 모른 채 숨을 삼켰다.

"가 봐!"

등 뒤에서 겐야의 목소리가 들렸다.

"겐야!!"

뒤돌아보고, 경악했다.

겐야가 탄지로를 감싸고 당당히 서 있었다.

그 몸. 그 몸은 마치 벌집처럼 구멍투성이였다.

보통 인간이라면 즉사했을 것이다. 구멍을 통해 반대편의 풍경이 보이기까지 했다.

그런데도 겐야는 서 있었다.

"내 힘으론 벨 수 없어. 네가 베어."

겐야는 있는 힘을 모두 쥐어짜듯이 말했다.

“이번만은 너한테 양보하마.”

무엇이 어떻게 된 것인지 알 수 없었다. 하지만 상황을 확인할 여유라고는 없었다.

탄지로는 달리기 시작했다. 등 뒤에서 겐야의 총소리가 울려 퍼졌다.

세키도가 떨어트린 번개 사이를 헤치고 달렸다. 다섯 번째 도깨비의 냄새를 쫓았다. 바로 코앞이었다.

‘찾았다!! 작아…!!’

들쥐 정도 크기의 노인이 잽싸게 지면을 달려갔다.

탄지로는 불타는 혁도를 그 가느다란 목을 향해 휘둘렀다. 칼날이 목을 파고들었다.

‘됐다!! 할 수 있어…!!’

“끼야아아아아악!!!”

도깨비의 어마어마한 비명이 주변을 뒤흔들었다. 그 혀에 ‘怯(겁낼 겁)’이라는 글자가 새겨져 있는 것이 보였다.

“끼야아아아아아아악!!! 끼야아아아아아아악!!!”

‘무슨 놈의 목청이. 귀가…!!’

그래도 가능하겠지…?! 목을 벨 수….

그러나.

겐야!!
내 힘으론 벨 수 없어.
네가 베어.
이번만은 너한테 양보하마.

오싹…하고 전신에 소름이 끼쳤다.
'뭐지?! 내 뒤에….'

뒤에 뭔가 있다!!

별안간 나타난 무언가. 그것이 등 뒤에서 덮쳐 오려 했다.
희로애락, 그 어떤 도깨비와도 다른 냄새였다.
'뭐가 온 거지?! 어떡하지?!'
우왕좌왕할 시간은 없었다.
좌우간 이 작은 도깨비의 목을 벤다. 베기만 하면 틀림없이…!!
그런데 분명히 도깨비의 목에 파고들었던 탄지로의 칼날은 그 이상 움직이지 않았다.
'단단하다!! 더 이상은 벨 수 없어!! 네즈코의 피의 효력도 떨어졌고!!'
"탄지로! 피해!!"
겐야의 목소리가 들렸다. 등 뒤의 무언가보다 훨씬 더 뒤쪽에서 겐야가 아마도 총을 겨누고 있었다.
'안 돼!! 판단을 잘못했다!! 이 위치에선 나도 총에 맞기 때

문에 겐야도 쏠 수 없어!!'

두웅!

북을 두드리는 소리가 났다. 겐야의 총성이 아니라, 아마도 도깨비가 낸 소리.

'이런. 공격이 날아든다…!!'

콰과앙!!

갑자기 지면이 갈라지면서 뭔가가 튀어나왔다.

용이었다. 여러 개의 머리를 가진 용.

꿈틀거리는 여러 개의 목은 꼭 나무줄기 같았다. 잎이 무성한 가지를 벌리고 서로 배배 꼬면서 탄지로를 물려고 했다.

하지만 간발의 차로 옆에서 달려든 사람이 탄지로를 안고 뛰어올랐다.

"네즈코…!!"

한쪽 다리를 나무 용에게 베어 먹혀서 네즈코는 지면에 세차게 꽂히듯이 착지했다.

"네즈코, 괜찮아?"

다리는 금방 자라났지만, 힘을 상당히 소모해서 거친 숨을 몰아쉬는 여동생을 걱정하는 탄지로의 귓가에,

"약자를 괴롭히는 짐승."

통명스럽게 내뱉는 목소리가 닿았다.

퍼뜩 놀라 고개를 들었다.

나무 용이었던 것은 지금은 비틀어진 나무로 모습을 바꾼 뒤였다.

그 나무의 그루터기에 한 사람의 그림자.

"불쾌하다. 불쾌하기 그지없어."

아직 나이도 차지 않은 아이의 모습인… 도깨비.

이마에는 뿔 2개. 뇌신(雷神)을 연상시키는 의상과 원형으로 늘어선 북들. 그 북 하나하나에 새겨진 '憎(미워할 증)'이라는 글자.

양손에 쥔 동물의 송곳니 같은 새 을(乙) 자 모양의 도구는 북을 때리기 위한 북채인 것일까.

비틀어진 거목의 줄기 위에는 탄지로가 쫓던 작은 노인 도깨비가 머리를 감싼 채 웅크리고 있었다.

아이 도깨비는 그를 감싸듯이 우뚝 서서 탄지로를 쏘아봤다.

"이 극악인 놈들."

히이이이익

이
극악인
놈들.

'6번째 놈…!! 더 튀어나왔다!! 이제 그만 좀 해!!'

탄지로는 말문이 막혔다.

제 11 화 도공

탄지로와 겐야 앞에 나타난 어린아이 모습인 6번째 도깨비.

하지만 그때, 탄지로는 깨달았다.

'아니다…!! 6번째 놈이 아닌 건가?'

희로애락… 다른 도깨비들의 기가 사라졌다.

'어떻게 된 거지?! 지금, 어떤 상황이야?'

겐야 역시 눈앞에서 벌어진 일이 이해가 가지 않았다.

그러나 그는 보고 있었다.

'저놈은… 조금 전까지 분노 도깨비였다.'

탄지로의 칼이 저 작은 도깨비의 목을 거의 베려던 찰나, 분노 도깨비 세키도가 양손을 치켜들었다.

눈 한 번 깜빡일 사이에 그 손에 끌려 들어온 건 기쁨 도깨비 우로기와 쾌락 도깨비 카라쿠.

살이 비틀리고 터지듯이 두 도깨비는 세키도의 손바닥으로 흡수되었다.

한 번 더 눈을 깜빡이는 사이에 세키도는 슬픔 도깨비 아이제츠 쪽으로 이동.

무언가를 항의하듯이 아이제츠는 입을 열었지만, 소리 낼 새도 없이 흡수.

그리고 세키도의 몸이 변화되며… 저 어린아이 도깨비의 모습으로….

'저건 뭐지? 분열된 것도 아닌데 더욱 젊어졌어…. 본체로 추정되는 영감탱이를 제외한 상태의 합체.'

두웅! 하고 '증오' 도깨비는 손에 든 북채를 들어 등 뒤의 북을 쳤다.

그 소리와 동시에 옆에 있던 거목이 구슬 형태로 비틀려서 본체인 작은 노인의 모습이 그 안에 집어삼켜졌다.

'아뿔싸!! 본체를 에워싼다!!'

"잠깐!!"

칼을 겨누고 뛰어들려 한 탄지로를 '증오' 도깨비 조하쿠텐이 매섭게 노려봤다.

몸이 얼음처럼 굳고 땀이 비 오듯 쏟아졌다.

'숨이 막힌다. 저 무시무시한 위압감. 심장이 아파.'

"무어냐? 네놈은 내가 하는 일에 무언가 불만이라도 있는 것이냐?"

조하쿠텐은 한마디, 한마디에 증오를 담듯이 말했다.

"응? 이 악인 놈들아."

쿠궁 하고 공기가 한층 더 무거워졌다.

무겁다. 목소리가. 위압감이. 팔다리에 힘이 안 들어간다. 서 있을 수가 없어.

궁지에 내몰려서 폭발적으로 힘을 발휘하는 건 비단 인간뿐만이 아니다.

한텐구라는 도깨비는 이제껏 몇 번이고 수도 없이 궁지에 내몰렸다.

그리고 그때마다 제 몸을 지켜 줄 강한 감정을 혈귀술로 구현화, 분열시켜 이겨 온 도깨비였다.

궁지에 내몰리면 내몰릴수록 강해지는 도깨비인 것이다.

"어…."

탄지로는 일륜도를 단단히 꽉 쥐었다.

"어째서… 어째서 우리가 악인…이라는 거지?"

목소리가 잘 나오지 않았다. 분노로 인해 현기증이 일어날 것만 같았다.

"'약자'를 괴롭히니까."

조하쿠텐은 천연덕스럽게 말했다.

"안 그래? 아까 네놈들은 손바닥에 올라탈 정도로 '작은 약자'를 베려고 하였다. 참으로 극악무도하지. 이건 거의 짐승이나 하는 소행이야."

"작은 약자? 누가…. 누가!"

웃기지 말라며 탄지로는 몸을 부들부들 떨었다.

"너희의 이 냄새…. 이 피 냄새!! 그간 잡아먹은 인간의 숫자는 일이백 정도가 아니잖아!!"

이만큼 화가 치미는 것은 태어나 처음일지도 모른다.

"그들이 너한테 무슨 짓을 했는데? 그들 모두가 목숨으로

보상하지 않으면 안 되는 짓을 저질렀나?! 수많은 인간을 죽이고 잡아먹은 주제에 피해자 행세 그만해!!"

지금까지 쓰러트려 온 도깨비들 중 누구보다도 강하고, 그리고 누구보다도… 비열한 도깨비.

"그 삐딱한 성질머리! 절대로 용서 못 해!"

탄지로에게서 뿜어져 나오는 노여움과 분개의 기운이 네즈코와 겐야마저도 부들부들 떨게 했다.

"이 악귀 놈…!! 네 목은 내가 벤다!!"

'폐에 남아 있는 공기로 아직은 어떻게든 일격을 날릴 수 있어.'

곳코의 혈귀술에 갇힌 무이치로는 그런 상황임에도 침착하게 기술을 펼쳤다.

'안개의 호흡 제1형 수천원하(垂天遠霞).'

하지만 그 혼신의 찌르기 기술로도 그를 가둔 물 항아리를 찢는 것은 불가능했다. 물은 그저 쭈우욱 늘어나 일륜도의 위력을 흡수하고 변형했다.

'이 찌르기 기술로도 찢어지지 않는다… 이렇게 이가 나간 칼로는 당연한 일인가?'

숨이 찼다. 버티고 있던 입으로 물이 단번에 흘러들었다.

'다 틀렸다. 끝났어.'

눈앞이 흐릿해졌다.

'응원군이 와 줘야 될 텐데…. 큰 어르신. 저는 이제 죽으니까, 최소한 주(柱)를 두 명 보내 주세요….'

"왜 그렇게 생각해?"

어두워진 시야. 물속에 거꾸로 떠 있는 무이치로의 눈앞에 탄지로의 모습이 보였다.

"미래 따윈 아무도 모르는 건데."

숲속에 서 있는 탄지로.

'뭐지?'

그것이 진짜가 아님을, 죽음을 코앞에 두고 보인 환영(幻影) 같은 것임을 무이치로는 알 수 있었다.

하지만 이건… 어째서일까.

'아니야… 탄지로한테선 이런 얘길 듣지 못했어.'

그렇지만 분명히… 이 말은 들은 적이 있었다.

'저 말을 한 건 누구지?'

"크악!"

손도끼를 든 카나모리가 곳코의 일격을 받아 오두막 안으로 나자빠졌다.

"이런 폐가를 필사적으로 지켜서 뭐 하게? 혹시 여기에 마을 촌장이라도 있는 건 아니겠지?"

항아리 밖으로 꿈틀꿈틀 뻗어 나온 곳코는 그대로 오두막 안으로 들어오려 했다.

카나모리가 으윽 하고 신음하면서 뒷걸음질 쳤다.

"으이잉?"

하지만 곳코는 오두막 입구에서 고개를 갸웃거렸다.

서걱서걱 하는 숫돌 소리가 났다.

오두막 안쪽에서 오뚝이 가면을 쓴 남자가 일심불란하게 칼을 갈고 있는 것이었다.

"엄청난 쇠다… 엄청난 칼이야…."

서걱, 서걱, 서걱 하는 규칙적인 연마 소리. 등 뒤에 도깨비가 엄습한 것도 깨닫지 못한 채, 넋두리처럼 뭔가를 중얼거렸다.

“이 기술 좀 봐…. 정말 훌륭해….”

‘젊은 인간이로군.’

곳코는 콧방귀를 흥 뀌었다.

‘마흔이 덜 된 육체… 촌장일 리는 없어.’

“어이, 거기 있는 인간.”

곳코는 말을 걸었다. 그러나 그 남자… 하가네즈카는 뒤를 돌아보지도 않았다.

“제작자는 누구지…? 대체 어떤 분이 이 칼을…. 어째서 자기 이름을 새겨 넣지 않고 **이 한 글자를**…. 아니… 알아… 이해해….”

‘이놈이!! 저 집중력 좀 보소!! 감히 이 곳코도 알아보지 못할 정도로 몰두하다니!!’

곳코는 왠지 모르게 자존심에 상처를 입은 기분이 들었다.

‘마… 맘에 안 들어!! 나도 이만큼 집중해 본 적이 없는데!! 예술가로서 왠지 진 기분이야!!’

곳코는 짧은 손 하나로 항아리를 또 만들어 냈다. 그 안에서 뭔가가 튀어나오는가 싶더니 갑자기 하가네즈카를 향해 날아갔다.

물고기 몸에 인간의 다리와 사마귀의 낫 같은 팔이 달린 괴물이었다. 그 낫에 의해 하가네즈카의 몸이 파바바밧! 하고 베여서 피가 솟구쳤다.

“하가네즈카 씨!!”

카나모리가 하가네즈카에게 달려갔다. 하가네즈카의 오뚝이 가면이 빠직 갈라져서 땅에 떨어졌다.

낫이 맨얼굴에까지 닿은 바람에 뺨을 일직선으로 베여서 피가 줄줄 흘러내렸다.

하지만 하가네즈카는 조금도 개의치 않고 오로지 칼만 갈 뿐이었다.

‘이… 이 남자!! 손을 멈추지 않잖아?!!’

콧코는 경악했다.

서걱, 서걱, 서걱 하는 규칙적인 소리가 여전히 이어지고, 하가네즈카는 감탄했다.

“이만한 칼에 자신의 이름을 새겨 넣지 않은 이유…. 이 한 글자…. 이 일념만을 담아 벼린 칼인 거야…. 오로지 이것 하나만을 목적으로 벼린 칼.”

“하가네즈카 씨….”

그 기백과 박력에 카나모리도 압도되어서 그저 지켜보는 수밖에 없었다.

'맘에 안 들어…. 사실 죽이는 건 일도 아니지만… 어떻게든 이 남자가 칼을 포기하게 만들고 싶다!! 이 집중을 끊어 놓고 싶어!!'

굣코는 눈의 위치에 달린 2개의 입으로 이를 악물었다.

보글 하고 입에서 새어 나온 숨이 거품으로 변했다.

'시야가 협착되기 시작한다… 이제 곧 죽겠구나….'

공기가 바닥났다.

무이치로의 눈앞에는 아직 탄지로의 환영이 서 있었다.

"자신의 끝을 스스로 결정하면 안 돼."

미소를 지으며 탄지로는 말했다.

'너한테선 그런 소리 못 들었어.'

"틀림없이 어떻게든 될 거야. 포기하지 마. 반드시 누군가가 구해 줄 거라고."

'뭐야, 그게? 결국 남한테 떠넘기는 거야? 제일 못난 짓이잖

서걱
서걱
이…
이 남자!!
손을 멈추지 않잖아?!!

아, 그런 게.'

생사의 갈림길. 물 항아리 안에서 흔들거리며 무이치로는 생각했다.

환영인 탄지로는 오른손 손가락으로 뭔가를 집는 동작을 취했다.

"혼자서 할 수 있는 일 따윈 고작 요만큼밖에 없어. 그래서 사람은 서로 힘을 합치며 노력하는 거야."

힘을 합치라고?

'아무도 날 구해 줄 수 없어. 다들 나보다 약해서. 내가 좀 더 똘똘하게 굴었어야 되는데, 판단을 잘못했어.'

자신의 힘을 과대평가하고 있었던 거야, 무의식적으로. 주라는 이유로.

"무이치로는 잘못한 것 없어. 괜찮아."

'잘못을 여러 번 해서 이렇게 죽는 거야.'

드디어 끝이라고, 무이치로가 눈을 감은 그때.

풍덩 소리와 함께 눈앞의 물에 식칼의 끄트머리가 꽂혔다.

"죽게 놔두지 않을 거야!! 토키토 씨, 힘내요!!"

코테츠였다. 손에 쥔 식칼로 물 항아리를 필사적으로 찔러댔다.

"꼭 꺼내 줄 테니까!! 내가 구해 줄 테니까!!"

그러나 당연하게도 그런 식칼로 어찌할 수 있는 게 아니었다. 단지 그 칼끝이 물에 튕겨져 나갈 뿐이었다.

"제기랄!! 뭐야, 이건? 흐물흐물하고 기분 나빠!!"

'나도 벨 수 없는데, 네가 어떻게 베겠니.'

무이치로는 울고 있는 코테츠를 응시했다.

'나 같은 놈보다 우선시해야 될 일이 있잖아. 마을 촌장을 지켜. 하긴, 그런 일 너한테는 무리인가…? 최소한 들 수 있는 만큼 칼이라도 들고 도망쳐.'

그때, 코테츠의 등 뒤에서 뭔가가 바스락 소리를 내며 움직였다.

굣코가 만들어 낸 물고기 도깨비였다. 사마귀의 낫 같은 팔을 들고 다가왔다.

'뭐 하는 거야? 네 뒤에!!'

코테츠는 아직 눈치채지 못했다. 무슨 생각을 떠올린 것인지, "앗, 그렇지."라며 물 항아리에 두 손을 대고 안쪽을 들여다봤다.

'제발 알아차려!! 뒤에…!!'

좌앙! 하고 피가 산산이 튀었다.

“크아악!! 아파…!!”

코테츠가 물 항아리에서 물러나 웅크려 앉았다.

“으아악, 피다!!”

‘뭐 하는 거야!! 뭐 하는 거야!! 어서 도망쳐!! 빨리 가!!’

무이치로는 외치려 했다. 그러나 목소리가 나오지 않았다.

금세 접근해 온 물고기 도깨비의 낫이 코테츠의 몸을 꿰뚫었다.

‘명치.’

급소를 찔렸다… 이제 죽는다.

‘네 능력으론 안 돼! 그걸 왜 몰라?’

어째서 아직도 도망치지 않는지. 왜 비틀거리면서도 여전히 이쪽으로 오려고 하는지.

‘어서 상처 부위를 눌러! 빨리 도망가!!’

아직 도깨비가 있었다. 다음은 목을 노릴 것이다.

‘내 쪽으로 오지 마!! 구하려고 하지 마!! 네가 할 수 있는 건 아무것도 없어!!’

하지만 그래도 코테츠는 물 항아리까지 비틀비틀 걸어왔다. 그리고 피범벅인 오뚝이 가면을 옆으로 비켜 놓고 자신의 입을 항아리에 꾹 대었다.

푸읍.

코테츠는 가득 들이마신 숨을 물 항아리 속으로 불어넣었다.

날붙이로는 아무리 애를 써도 찢어지지 않았던 물속으로 코테츠의 숨이 거품이 되어 흘러들어 왔다.

그것은 커다란 공기 방울로 변해서… 무이치로의 입가에 닿았다.

"남을 위해서 하는 일은 결국 돌고 돌아서 나 자신을 위한 일이 되기도 하니까."

탄지로가 웃었다.

그 얼굴은 어느샌가 탄지로가 아닌 다른 누군가의… 무이치로가 아주 잘 알던 누군가의 얼굴로 바뀌어 갔다.

"그리고 인간은 자신이 아닌 누군가를 위해 믿을 수 없을 만큼 강한 힘을 낼 수 있는 생물이란다. 무이치로…."

'응. 알고 있어.'

코테츠의 숨을 가슴 가득 들이마신 후, 무이치로는 눈을 크게 부릅떴다.

"안개의 호흡 제2형 여덟 겹 안개!"

번쩍거린 일륜도가 안쪽에서 항아리를 깨부쉈다.

좌아아악!! 하고 물이 사방에 튀고, 무이치로는 굴러 나왔다.

"커헉! 쿨럭! 콕… 콜록콜록…."

땅바닥에 엎드려서 폐에 들어갔던 물을 뱉어 냈다. 단숨에 들어오는 신선한 공기.

그와 동시에… 무이치로는 떠올렸다.

잃어버렸던 기억. 내내 잊고 있던… 과거.

어딘가의 산속에서 성인 남성과 함께 나무를 베고 있었다.

'생각났어, 탄지로.'

그 사람은… 아버지였다.

'우리 아버진 너처럼 붉은 눈동자를 가진 사람이었어.'

탄지로를 통해 보고 있었던 그리운 얼굴. 그 사람은… 아버지였던 것이다.

'아버진 나무꾼이었다… 아들인 나도 나무 베는 일을 도왔다.'

하악, 하악 하고 호흡을 가다듬으면서 무이치로는 자신의 몸에 꽂힌 무수한 바늘을 뽑아냈다.

'큭…. 마비가… 심해…. 이 침…. 물독에서 빠져나와 봤자 난 이미….'

싸움조차 제대로 못 하겠지….

하지만 그 생각을 부정하듯이 떠오른 것은 얼굴의 위쪽 절반이 보라색으로 짓물러서 부어오른 젊은 남자의 얼굴이었다.

“만물을 자로 재듯이 생각해선 안 된다, 무이치로. 확고한 너 자신을 되찾았을 때, 넌 더욱 강해질 수 있어.”

‘큰 어르신의 얼굴이다…. 병이 깊어지셔서 마음이 아파….’

무이치로는 곁에 쓰러져 있는 코테츠에게 기어가 안아 올렸다.

“코… 코테츠.”

낫이 달린 물고기 도깨비가 달려드는 것을 무이치로는 상체를 돌려 양단했다. 그러나 그 움직임 때문에 또다시 기침을 심하게 했다.

‘폐가 아프다…. 물이 들어갔기 때문이야.’

폐의 통증. 가슴의 통증. 그것이 또 방아쇠가 되어 하나의 정경이 떠올랐다.

마룻바닥에 얇은 이불을 깔고 몸져누운 여자. 기침하는 여자.

그 사람은… 어머니였다.

‘어머닌 감기가 덧나 폐렴으로 죽었어.’

폭풍이 부는 날이었다.

‘약초를 캐러 나간 아버진 벼랑에서 떨어져 죽었고….’

“토키토 씨….”

품 안에서 코테츠가 말했다.

“나, 나는 됐으니까… 하가네즈카 씨 좀… 구해 줘…. 칼을… 지켜 줘….”

아직 자그마한 몸. 이 아이는 10살 정도 되었을까?

10살. 그렇지.

‘부모님이 죽은 건 10살 때였다. 10살 때 나는 혼자가 되었어.’

…아니.

‘혼자가 된 건 11살 때야.’

떠올렸다. 선명하게.

자신과 똑 닮은 얼굴을 한, 또 한 명의 소년이 있었다는 사실을.

“나는 쌍둥이였다.”

나는 쌍둥이였다.
내 형의 이름은 유(有)이치로였다.
인정은 남을 위해 베푸는 게 아니다.
누군가를 위해 무언가를 해봤자 별로 좋은 일도 없지.

귀멸의
칼날

제 12 화 무이치로의 무(無)

'내 형의 이름은 유(有)이치로였다.'

떠올렸다. 전부 다.

아버지와 어머니가 돌아가신 뒤에 한동안 단둘이 살았던 것을.

아버지가 하던 일을 둘이서 계속하려 했던 것을.

"인정은 남을 위해 베푸는 게 아니다. 누군가를 위해 무언가를 해 봤자 별로 좋은 일도 없지."

형의 목소리가 또렷하게 되살아났다.

가을이었다.

산에서 벤 나무를 지게에 짊어지고 둘이서 은행나무 잎이 떨어지는 산길을 내려가고 있었다.

“틀렸어. 남을 위해 한 일은 돌고 돌아서 결국 나 자신을 이롭게 한다는 뜻이야. 아버지가 그러셨어.”

무이치로가 반론했지만, 앞서 걷는 형은 뒤를 돌아보지도 않았다.

“남을 위해서 무언가 하다가 죽은 인간이 한 말 따윈 믿을 게 못 돼.”

“왜 자꾸 그런 소릴 해? 아버진 어머닐 위해서….”

“그 지경이 되었는데, 약초 따위로 나을 리 없잖아. 멍청함의 극치지.”

“너무해, 형….”

“그 폭풍 속에서 밖에 나가지만 않았어도, 엄마 하나만 죽고 끝났을 텐데.”

하늘하늘 춤추는 은행나무 잎. 갓 벤 나무를 높이 쌓아 올린 지게는 무거워서 어깨에 파고들었다.

“그런 식으로 말하지 마!! 너무해!!”

“난 사실만을 말한 거야. 시끄러우니까 소리 지르지 마. 멧돼지 나와.”

형은 그렇게 단정 짓듯이 이야기했다.

“어차피 무이치로의 무(無)는 ‘무능’의 ‘무’지. 이런 대화는 의미가 없어. 결국 과거는 바뀌지 않으니까.”

등을 돌린 채로 형은 말했다.

“무이치로의 무는 ‘무의미’의 ‘무’야.”

무이치로는 더 이상 아무 말도 할 수 없어져서 금색의 은행나무 잎이 소복이 쌓이는 길을 고개를 푹 숙인 채 걸었다.

‘형은 말을 독하게 하는 사람이었어…. 기억이 없을 때의 나는 왠지 형과 비슷했던 것 같아.’

형과 둘만 있는 생활은 숨이 막혔다.

무이치로는 형에게 미움받고 있다고 여겼고, 형이 냉정한 사람이라고 생각했다.

‘봄 즈음에 사람이 찾아왔다.’

아직 젊은 여성. 그런데도 머리카락이 새하얬다. 피부색도 속이 다 비치는 것처럼 투명했다.

‘그 사람은 큰 어르신의 부인인 아마네 님이었다…. 하도 아름다워서 처음에는 자작나무 정령인 줄 알았어.’

그녀는 전부터 무이치로 형제를 찾아다녔다고 했다.

'결국 형은 여느 때처럼 폭언을 내뱉으며 아마네 님을 쫓아 보냈지.'

그렇지만 무이치로는 그녀에게서 들은 이야기를 쉽게 잊을 수 없었다. 식사 준비를 하는 동안 흥분해서 형에게 이야기했다.

"대단하다! 우리가 검객의 자손이래! 그것도 가장 최초의 호흡이라는 걸 사용하는 엄청난 인물의 자손…."

"알 게 뭐야? 얼른 쌀이나 씻어."

"형, 우리 검객이 되자. 도깨비한테 고통받는 사람들을 구해 주자. 우리라면 틀림없이…."

타앙! 하고 형은 채소용 식칼을 도마에 거칠게 내리쳤다.

무를 타앙, 타앙, 타앙 소리를 내며 뭉텅뭉텅 썰었다.

두툼하게 썰린 무가 도마 밖으로 튀어서 무이치로의 발밑에 떨어졌다.

그 무서운 기세에 무이치로는 할 말을 잃었다.

"네가 뭘 할 수 있다고 이래?!"

형은 호통을 쳤다.

"밥도 혼자서 못 짓는 놈이 검객이 돼? 남을 구해? 제발 멍청한 소리도 쉬엄쉬엄 해라!! 정말이지, 넌 엄마 아빠를 쏙 빼

닮았구나!!"

그것은 무이치로도 놀랄 만한 감정의 폭발이었다. 형이 이렇게까지 흥분하는 건 처음 보는 것 같았다.

"너무 낙관적이야! 머릿속이 어떻게 생겨 먹은 거야? 몸 아프단 말도 않고 일하다 건강을 해친 어머니도! 폭풍 속에서 약초 따위를 캐러 나간 아버지도!"

식칼을 움켜쥔 형의 손이 부들부들 떨렸다.

"그렇게 말렸는데도…!! 어머니한테도 제발 좀 쉬라고 몇 번이나 말했는데도!!"

식칼의 칼날이 도마와 마찰해서 끼긱거리는 불쾌한 소리를 냈다.

"남을 돕는다는 건! 선택받은 인간만 할 수 있는 거야. 조상이 검객이었다고 해서, 아직 어린애에 불과한 우리가 뭘 할 수 있겠어?"

가르쳐 줘? 뭘 할 수 있는지? 라면서 형은 무이치로 쪽을 돌아봤다.

"우리가 할 수 있는 일은 헛된 개죽음뿐이야! 엄마 아빠의 자식이니까! 결국은 그 여자한테 이용만 당할 뿐이지!! 뭔가 꿍꿍이가 있을 게 뻔해!"

형은 아마네 님도 나쁜 사람이라는 식으로 말했다.

"이 이야긴 이걸로 끝내! 알았지?! 얼른 저녁상 차릴 준비나 해!!"

'그 이후로… 우린 서로 말도 안 섞게 되었지. 계속 우리 집을 찾아오는 아마네 님께 형이 물을 끼얹으려 했을 때, 딱 한 번 크게 싸운 뒤로는….'

그리고 여름이 되었다.

'그해 여름은 더워서 우리는 내내 짜증이 나 있었다.'

밤에도 덥고, 매미도 울어 대서,

'문을 열고 자고 있는데 도깨비가 들어왔어.'

젊은 남자 도깨비였다. 얼굴은 기억이 잘 나지 않는다. 어두워서 보이지 않았는지도 모른다.

느닷없이 오두막으로 들어와서는 그 날카로운 손톱으로 유이치로를 베었다.

피범벅이 된 형을 끌어안고 떠는 무이치로를 내려다보면서 도깨비는 웃었다.

“시끄러, 시끄러, 호들갑 떨지 마. 어차피 너희 같은 가난한 나무꾼은 아무 짝에 쓸모도 없잖아. 있어도, 없어도. 하등 달라질 게 없는 시시한 목숨이니까.”

눈앞이 새빨개졌다.

태어나서 단 한 번도 느껴 본 적 없는, 배 밑바닥에서 분출되어 쏟아질 것 같은.

격렬한 분노였다.

그다음 일은 정말로 기억이 나지 않는다.

그런 어마어마한 포효가 설마 자신의 목구멍에서 입으로 튀어나올 줄은 꿈에도 몰랐다.

정신을 차려 보니 도깨비는 다 죽어 가고 있었다.

나무숲 속에서 양손에 나무망치와 도끼를 들고 선 무이치로의 눈앞에는 몇 개나 되는 장작으로 땅에 고정당한 도깨비의 몸이 있었다.

전정가위와 낫도 꽂혀 있고, 주변은 피바다였다.

도깨비의 머리 위에는 커다란 바위가 올려져 있었다.

……
……
형…,
살아있구나….
형….
…신령
님.
부처…
님…
부디…
부디…
제 동생만은…
살려주십시오….
남에게…
도움이 되고…
싶다는 걸…
제가…
방해했어요….
동생은…
저와… 달리…
마음씨 착한…
아이입니다….

그러나 머리가 박살 나고도 죽을 수가 없는지, 괴로워했다.

아무래도 무이치로가 그런 것 같았다. 자기 자신도 피칠갑을 하고 있었다.

곧 동이 트고, 도깨비는 먼지가 되어 사라졌다.

솔직히 아무래도 상관없었다.

빨리 유이치로가 있는 곳으로 가고 싶었는데, 갑자기 몸이 납처럼 무거워져서 눈앞에 있는 집까지 가는 데에 시간이 꽤 오래 걸리고 말았다.

현관 앞에서 꼬꾸라지는 바람에 거기서부터는 바닥을 기어서 집 안으로 들어갔다.

이불 위에 엎드린 형은 뭔가 넋두리 같은 말을 중얼거리고 있었다.

"형… 살아 있구나…. 형…."

가까이 기어가니 형의 목소리가 들렸다.

"…신령, 님. 부처…님… 부디… 부디… 제 동생만은… 살려주십시오…."

눈의 초점은 맞지 않고, 입술만이 달싹였다.

"동생은… 저와… 달리… 마음씨 착한… 아이입니다…. 남

너는
자기 자신이 아닌 누군가를 위해
무한한 힘을 낼 수 있는
선택받은 인간이야.

에게… 도움이 되고… 싶다는 걸… 제가… 방해했어요….”

무이치로의 눈에서… 눈물이 흘러넘쳤다.

“죄인은… 저 하나…뿐입니다… 천벌을 내리시겠다면… 저한테만… 내려 주세요….”

필사적으로 토방을 가로질러 마루로 기어 올라갔다.

손을 뻗어서 힘없이 늘어진 형의 손을 잡았다.

형은 더 이상 움직이지 않았다. 동생이 자신의 손을 쥔 것도 모르는 것 같았다.

“알고… 있었어… 사실… 무이치로의… 무(無)는….”

다만 이제는 날숨뿐인 작은 목소리로 계속 중얼거렸다.

“‘무한(無限)’의 ‘무’라는 걸.”

형의 목소리가.

무이치로의 가슴에 불을 지폈다.

“너는 자기 자신이 아닌 누군가를 위해 무한한 힘을 낼 수 있는… 선택받은 인간이야.”

꿈에서 깨어나듯이.

“하지만 무이치로. 아무리 선량하게 살아도 신령님도, 부처님도 결국 지켜 주시지 않으니까 내가 널 지켜야 된다고 생각했단다.”

모든 것을 떠올리고.

“잘해 주지 못해서 미안해. 나에겐 늘 여유가 없었거든. 남에게 잘해 줄 수 있는 사람도 역시 선택받은 자들뿐인가 봐.”

피범벅이 되어 쓰러진 코테츠를 바라보면서 무이치로는 칼을 꽉 쥐었다.

그 이마와 뺨에.

구름 같은, 안개와도 같은 형태의 반점이 떠올라 있었다.

하가네즈카의 뒷모습을 쏘아보면서 굣코는 으그그그극 하고 2개의 입의 이를 악물었다.

‘이놈!! 이놈!! 이 사내!! 이 인간!!’

서걱, 서걱, 서걱… 하고 칼을 가는 소리가 조금도 흐트러지지 않고 이어졌다.

‘이만큼 했는데도, 여전히 칼 가는 걸 멈추지 않아!!’

아까부터 몇 번이나, 몇 번이나 낫 물고기로 공격했다.

하가네즈카는 이미 상처투성이였다.

'한쪽 눈을 아작 냈을 때조차 찍소리도 내지 않고 계속 갈다니!!'

하가네즈카의 왼쪽 눈은 십자 모양의 상처가 생겨서 붉은 피를 뚝뚝 흘리고 있었다.

하가네즈카의 목숨을 빼앗기보다도 장인으로서의 집중력을 빼앗는 일에 집착하고 만 곳코는 주위를 둘러봤다.

벽 쪽에서 또 한 명의 도공… 카나모리가 낫 물고기에게 당해 신음하며 쓰러져 있는 것이 보였다.

'오, 그래. 저놈을 죽이겠다고 하면….'

좋은 생각이라며 카나모리를 공격하려 한 순간.

갑자기 날카로운 칼날이 곳코의 목을 노리고 날아왔다.

슈웅 하고 일단 항아리 안으로 도망쳤다가 다시 얼굴을 내민 곳코는 그 자리에 나타난 무이치로의 모습을 보고 눈이 휘둥그레졌다.

'수옥발(水獄鉢)에서 빠져나왔구나!!'

도대체 어떻게?

'이해가 안 가는군. 머지않아 죽을 거라 여기고 저쪽은 의식도 안 했는데.'

아니, 그런데.

'반대로 말하자면 그만큼 내가 집중하고 있었다는 뜻이지!!'

좋았어!! 라며 곳코는 씨익 웃었다. 수단과 목적이 완전히 뒤바뀌었다.

"응?"

물에 흠뻑 젖은 채로 오두막 입구에 서서 칼을 겨누고 있는 무이치로를 곳코는 새삼 자세히 들여다봤다.

'가만, 가만, 가만. 뭐지, 저 반점은?'

이마와 양 뺨의 반점.

조금 전 수옥발에 가뒀을 때에는 저런 것이 없었다.

'무잔 님이 주신 정보에 따르면, 그 귀고리 찬 꼬맹이한테도 저것과 비슷한 반점이.'

아니, 아니, 아니, 그딴 것보다.

'왜 저렇게 천연덕스러운 얼굴로 튀어나와? 넌 내 공격으로 분명 몸이 마비되었을 텐데, 어떻게 아까보다 더 빠른 동작으로 내 몸에 상처를 입힌 거지?'

미처 다 피하지 못한 칼날이 닿은 곳은 길게 한 줄로 베여서 피가 배어 나오고 있었다.

무이치로가 움직였다. 돌진해 왔다.

곳코는 재빨리 항아리를 꺼냈다. 그 입구에서 거대한 문어 다리가 단숨에 튀어나왔다.

"문어단지 지옥!!!"

8개의 문어 다리가 무이치로를 덮쳤다.

"토키토 님!!"

오두막 구석에서 카나모리가 칼 한 자루를 꽉 쥔 것과 문어 다리를 베려 한 무이치로의 칼이 두 동강 난 것은 동시였다.

순식간에 폭발하듯이 거대해진 문어 다리는 오두막을 안쪽에서 뚫고 파괴했다. 지붕이, 벽이 부서져 날아갔다.

"효효효! 어떠냐? 이 문어 살의 탄력은! 이건 못 벨걸?"

문어 다리에 튕겨서 공중에 붕 떴던 하가네즈카가 땅으로 추락했다. 하지만 그는 안고 있던 숫돌을 바닥에 내려놓더니, 그 자리에서 또다시 칼을 갈기 시작하는 것이 아닌가.

'여전히 칼을 갈고 있어. 바보 아냐? 정상이 아니네….'

그 굣코마저도 약간 기겁했다.

"그 또한 상관없지…. 저 도공보다 주가 먼저야."

굣코는 무이치로를 붙잡은 문어 다리 쪽을 돌아봤다. 곁에 있던 카나모리까지 한꺼번에 휘감았다.

끼기기긱, 뿌득뿌득뿌득… 무수한 빨판이 삐걱이면서 두 사람의 몸을 세게 졸랐다.

"아까는 다소 건성으로 임했지만, 이번에는 확실하게 짓이겨서 흡수해 주마."

곳코는 기분 나쁘게 웃었다.

그러나.

그 문어 다리는 순식간에 잘려 나갔다.

"?!"

여러 토막으로 잘려서 흩어지는 문어 다리.

무이치로가 타앙 하고 사뿐히 지면에 착지했다.

"날 위해 칼을 만들어 줘서 고마워… **카나모리 씨**."

그의 손에는 새로운 일륜도가 쥐어져 있었다.

'악귀멸살(惡鬼滅殺)'이라는 글자가 새겨진 주를 위한 칼.

카나모리가 벼린 무이치로를 위한 칼.

칼집에서 처음 뽑힌 그 칼이 지금 하얀빛을 발하며 빛났다.

"……!! 아닙니다, 아닙니다."

무이치로가 자신의 이름을 불러 주자 크게 감격한 카나모리는 눈물을 글썽이며 말했다.

"저는… 당신의 첫 번째 도공이 남긴 문서대로 만든 것뿐…."

"그래. 맨 처음 테츠이도 씨가 내 칼을 만들어 주셨지. 심장병으로 돌아가셨고…."

휘오오
고마워.
카나모리 씨.

아아, 손에 착 감긴다며 무이치로는 자신의 칼을 꽉 쥐었다.

떠올랐다. 모든 것을 또렷하게 떠올릴 수 있었다.

무이치로의 담당이었던 도공… 테츠이도의 온화한 목소리.

"난 걱정이란다, 아가야."

단풍잎이 흩날리는 가을의 마을에서.

그 나이든 도공은 바위에 앉아 담뱃대를 뻐끔거리며 무이치로에게 말했다.

"누가 알아줄까? 네 속을. 네가 얼마나 버거워하고 있는지. 얼마나 아슬아슬하고 여유가 없는지. 사물을 기억하지 못하는 불안감이 얼마나 큰지."

그때는 아무런 생각도 하지 않았다. 아무것도 느끼지 않았다.

"그리고 피 토하는 듯한 노력을…. 과연 누가 알아줄까?"

그래서 금세 잊어버렸다.

"난 네가 사용한 칼을 보면 눈물이 난다."

그렇지만 떠올랐다.

"나도 이제 갈 날이 머지않았어. 목숨을 아까워할 나이는 아니지만, 네가 영 마음에 걸리는구나."

그렇게 말해 줬던 다정한 노인을.

'테츠이도 씨… 미안해. 걱정 끼쳐서.'

무이치로는 칼을 쥔 손에 힘을 실었다.

테츠이도가 남겨 준 문서. 카나모리가 벼려 준 칼.

'하지만 난… 이제 괜찮아.'

"안개의 호흡 제5형 안개구름 바다."

삽시간에 피어오른 안개가 거대한 문어 다리를 에워쌌다.

그것은 종횡무진 휘둘러지는 칼놀림의 증거.

잘게 다져진 문어 다리가 주변에 어지럽게 날리고, 동시에 칼끝이 굣코의 목까지 엄습했다.

하지만 간발의 차로 굣코는 또다시 항아리 속으로 사라졌다.

"재빠른 다지기 솜씨지만, 항아리의 고속 이동은 못 따라잡겠나 보지?"

어느샌가 옆쪽 나무 위에 나타난 항아리에서 굣코가 얼굴을 스륵 내밀었다.

"과연 그럴까?"

"뭐?"

올려다보면서 무이치로는 말했다.

“감각이 꽤나 둔한 모양이네? 수백 년이나 살아서 그래.”

그 순간. 꿋코의 목에서 피가 뿜어져 나왔다. 칼은 확실하게 닿았던 것이다.

“다음엔 진짜로 벨 거다. 너의 그 시답잖은 항아리 놀음에 천년만년 장단 맞춰 줄 수도 없으니.”

“…깔보지 마라, 애송이.”

꿋코는 귀에서 늘어진 한 쌍의 손으로 목을 꾹 누르면서 말했다.

제 13 화 욕설 싸움

"아니, 딱히 깔보는 건 아니야. 사실을 말하는 것뿐이지."

무이치로는 담담히 말했다.

"어차피 넌 내 손에 목이 베여 죽을 거니까. 왜냐하면 지금 내가 이상하게 상태가 몹시 좋거든. 왜일까?"

"바로 그 주둥이 놀리는 본새가 날 깔보고 있다는 거다, 이 빌어먹을 애송아. 고작 십 년 남짓 정도밖에 못 산 주제에."

굣코의 입 2개가 교대로 욕지거리를 퍼부었다.

무이치로도 지고 있지만은 않았다.

"그런 소릴 한들 너에겐 존경할 만한 구석이 하나도 없어서 말이야. 좌우간 생김새도, 말투도 너무 불쾌하고."

분명히 나무 위에 있었던 꼿코의 항아리가 어느 틈엔가 무이치로 뒤의 땅으로 이동해 있었다.

"나의 이 아름다움, 기품… 우아함을 이해하지 못하는 건 네가 교양 없는 가난뱅이라서야. 뒷간에 사는 벌레한테 책을 보여 줘도 못 읽는 거나 마찬가지지."

"너야말로 왠지 뒷간에 살고 있을 것 같은데?"

"닥쳐, 이 뒷간 벌레야. 너처럼 팔다리 짧은 땅딸보의 칼날은 내 목에 닿지도 않아."

꼿코가 항아리에서 흐물흐물 얼굴을 내밀었다.

"아니, 아까 실컷 닿았잖아. 애당초 팔다리는 네가 더 짧고."

무이치로는 도깨비를 향해서 천천히 뒤돌아섰다.

"효효효, 싸구려 도발이로군. 그 정도로 이 꼿코 님께서 이성이라도 잃을까 봐? 이기고 싶어 아주 필사적이네. 보기 흉해."

"으~음…. 으~음?"

무이치로는 소녀처럼 사랑스러운 얼굴을 기울이고는 입가에 손을 대고 뭔가를 곰곰이 생각하는 자세를 취했다.

"효효효. 뭐?"

"궁금해서…. 그 항아리, 어째 모양이 좀 비뚤어지지 않았어? 좌우 대칭으로 안 보여. 더럽게 못 만들었네."

"그건 네놈의 눈알이 썩어서 그런 거고오오오오!!!"

곳코는 별안간 폭발했다. 상대를 도발하는 능력은 무이치로 쪽이 한 수 위인 듯했다.

"내 항아리가아아아아!! 어딜 봐 비뚤어졌다는 거야아아아!!!"

곳코는 몸의 양끝에 달린 지네 같은 여러 개의 손 전부에서 항아리를 만들어 냈다. 약 10개의 항아리 입구를 무이치로에게 겨눴다.

"혈귀술! 일만 활공점어(滑空粘魚)!!"

항아리에서 엄청나게 많은 물고기들이 튀어나와 눈사태처럼 무이치로를 덮쳤다.

"1만 마리의 자객이 널 뼈까지 씹어 먹을 거다!! 내 작품의 일부로 만들어 주마!!!"

그러나.

무이치로는 멋지게 땅을 박차고 공중에 날아올랐다.

"안개의 호흡 제6형 달의 하소(霞消)."

후우우우욱 하는 매끄러운 호흡 소리와 함께 일륜도가 번쩍이고, 칼놀림에서 생겨난 안개가 물고기떼를 뒤덮어 가려 버

달의
하소(霞消)。

안개의
호흡
제6형

렸다.

'저!! 전부 다 베었어.'

안개가 걷힌 때에는 이미… 그 수많은 물고기들이 절단되어 있었다.

제아무리 곳코라도 경악했다.

'이 속도와 공격 범위!! 대체 내 독은 어디로 간 거지?'

분명히 독침을 맞았는데 이런 몸놀림이라니.

'예상외지만, 그래도 문제는 없다.'

곳코는 정신을 가다듬었다.

'일륜도에 베여 먼지가 되기 전에 점어들이 뿌려 놓은 체액은 독이다.'

심지어 이 독은 경피독(経皮毒)…. 피부로도 흡수된다. 뒤집어쓰면 끝장….

"안개의 호흡 제3형 하산(霞散)의 물보라."

무이치로의 칼이 번쩍거렸다.

일대에 피어난 안개의 소용돌이가 눈 깜짝할 사이에 점어들을 저 멀리 날려 버렸다.

'에에에엑?! 회전으로 전부 튕겨 냈다!!'

그대로 일륜도의 칼끝은 마침내 곳코의 목을 제대로 포착…

한 것처럼 보였다.

베었다는 느낌이 없었다.

얇은 껍데기가 훌렁하고 춤을 췄다.

'탈피도 하고.'

항아리에 남아 펄럭이는 것은 콧코 모양의 껍데기였다. 껍데기를 남기고 항아리 밖으로 나온 것이다.

무이치로는 인상을 쓰며 위쪽을 쳐다봤다.

"아~ 정말 성가시네. 피하며 나무 위로 도망치는 짓 좀 그만하면 안 될까?"

옆쪽 나무에… 뭔가가 휘감겨 있었다. 거대한 뱀과도 같은 무언가.

콧코의 목소리가 들렸다.

"너에겐 내 본모습을 보여 주마."

"네네~"

"이 모습을 보여 주는 건 네가 3번째다."

"꽤 많네?"

"닥쳐라. 내가 작정하고 덤벼서, 살아남은 자는 없어."

"대단한데~?"

"입 다물어, 이 멍청한 애송아!!"

큰 뱀처럼 보인 그 그림자에서 두 팔이 삐걱 소리를 내며 자라났다.

"이 투명한 비늘은 금강석보다도 단단하고 강하지."

그의 말대로 뱀 같은 몸통도, 양팔도 번쩍번쩍 빛나는 비늘로 뒤덮여 있었다.

"내가 항아리 안에서 빚었어. 이 완벽하게 아름다운 모습에 납작 엎드리도록 해라."

가지 위에서 상반신을 스윽 들어 올린 곳코의 모습은.

흡사 반어인(半魚人)이라고 표현하면 좋을까?

얼굴은 거의 그대로였지만, 머리부터 목에 걸쳐서 머리카락처럼 물고기의 지느러미가 돋아나 있었다.

근육이 우람한 인간의 상반신. 하반신은 뱀 같았지만, 등지느러미 같은 것이 죽 돋쳐 있는 것을 보면 역시 뱀보다는 곰치 종류처럼 보였다.

"……."

무이치로는 말없이 그 모습을 올려다봤다.

"……."

아무런 감동도 없어 보이는 그 표정 때문에 곳코가 또다시 폭발했다.

"무슨 말이라도 좀 하는 게 어때? 이 멍청이 같은 놈아!!! 정말로 남의 신경을 건드리는 애송이라니까!!!"

"아니, 아까 닥치라고 해서…. 게다가 그렇게까지 놀랍지도 않…고…."

코앞에 날아온 곳코의 주먹.

두두두두 하고 땅을 쪼갤 듯한 연타.

주먹을 맞은 장소의 흙먼지가 튀더니 순식간에 몇십, 몇백 마리의 물고기로 변화했다.

"나무 위로 도망치지 말라고 본인 입으로 그러지 않았나? 성가시게 왜 이래?"

곳코가 올려다본 나뭇가지에 무이치로가 한쪽 무릎을 꿇고 앉아 있었다.

"아니, 단순히 냄새가 너무 많이 나서. 코가 비뚤어질 것 같네."

무이치로가 입은 대원복의 소매와 앞섶에 물고기가 들러붙어 있었다. 그것을 탁탁 떼어 내면서 그는 태연하게 말했다.

물고기가 떨어져 나간 부분은 의복이 녹아내린 것처럼 사라져 있었다.

"어떠냐? 나의 이 신의 손의 위력이. 주먹에 닿은 것들은 모조리 귀여운 선어가 되지."

꿋코는 물갈퀴가 달린 손을 자랑스럽게 치켜들며 말했다.

"그리고 이 속도!! 이 육체의 유연하고도 강인한 탄력. 더군다나 넘실대는 비늘 덕에 종횡무진, 자유자재지."

나무 위에서 어깨를 들썩거리는 무이치로를 꿋코는 우쭐해져서 올려다봤다.

"떨고 있구나. 무서우냐? 아까 그 공격도 본격적으로 날린 게 아니야."

"……."

그러나… 무이치로는 천천히 고개를 들고 호언장담했다.

"아무리 대단한 공격도 안 맞으면 의미가 없지."

진심으로 상대를 무시하는 듯한 웃는 얼굴로.

그는 겁을 먹은 게 아니라… 웃음을 참지 못해 떨고 있던 것이었다.

'큰 어르신 말씀이 맞다.'

무이치로는 양손으로 일륜도를 꽉 쥐었다.

''확고한 자신'만 있으면, 두 발을 힘껏 버틸 수 있다.'

자신이 누구인지만 알면, 망설임도, 주저함도, 초조함도 사라지고, 내리치는 칼날에서 벗어날 수 있는 도깨비는 없다.

'그 펄펄 끓어오르는 분노를 상기해라.'

사랑하는 형의 몸에 구더기가 들끓으며 썩어 가는 것을 보았다.

'내 몸에도 구더기가 들끓기 시작하고 나는… 죽음의 문턱을 보았다.'

운 좋게 아마네가 찾아와서 구조되지 않았다면, 그대로 죽었을 것이다.

기억을 잃어도 몸이 기억하고 있다.

죽을 때까지 사라지지 않는 분노였다.

'그래서 나는 피를 토할 만큼 자신을 단련하고 경험을 쌓아갔어.'

그리하여… 칼을 잡은 지 두 달 뒤에는 주가 되어 있었다.

도깨비를 멸하기 위해서.

놈들의 씨를 말리기 위해서!!

"나의 화려한 본실력을 보여 주마!!"

혈귀술 진살어린(陣殺魚鱗)!!!

콰가가가가각!! 하고 콧코의 몸이 빠른 속도로 튀어 오르며 이동했다.

주위의 나무들이 아무런 순서도, 규칙성도 없이 마구잡이로 넘어가고, 여기저기서 자욱한 흙먼지가 피어올랐다.

"자, 어떠냐? 나의 이 섭리에 반하는 움직임! 비늘 덕에 자유자재라 예측이 불가능하지!! 나는 자연의 섭리에 반하는 걸 몹시 좋아하거든!"

이리저리 뛰어다니는 콧코의 모습은 이제 보통 사람의 눈에는 보이지 않았고, 단지 목소리만 메아리치듯 하늘에서, 땅에서 울려 퍼졌다.

"넌 어떻게 요리해 줄까? 그 추한 머리를 뽑아내고, 아름다운 물고기 머리를 달아 주마!!"

콧코는 "끝이다!!"라면서 무이치로의 등 뒤로 접근하며 득의양양한 미소를 지었다.

하지만.

"안개의 호흡 제7형 몽롱."

슈욱 하고 무이치로의 모습이 없어졌다.

'사라졌….'

아니, 저기다!! 찾았다!!

재빠르게 다가가 주먹을 휘둘렀다.

그러나 그 주먹은 허망하게 지면에 꽂혔다. 움푹 팬 땅바닥에서 물고기가 뿜어져 나왔다.

'저기인가?!'

그림자가 일렁이는 것이 보였다.

'효효효, 느려!!'

하지만 또다시 헛손질이었다. 하얀 안개만이 남았다.

'?!?!?!'

뭐지?! 왜 자꾸 사라지는 거야?!

'어떻게 된 거지?! 놈은 어디로 갔어?!'

이건 마치.

마치.

'안개에 휩싸여 있는 듯한….'

휘잉 하고 또다시 등 뒤에 그림자가 졌다.

휘두른 주먹은 허공을 갈랐다.

"이봐, 너 말이야."

어디서 들리는 것일까. 이 목소리는.

"너는."

뒤를 돌아봤다. 긴 검은 머리카락이 나부끼는 것이 보였다.

"왜 **본인만 작정하고 덤빈 게 아니었다**고 생각한 거지?"

휘익 하고.

차가운 기운이 목을 지나쳤다.

'뭐야? 뭐야?'

천지가 거꾸로 뒤집혔다. 무슨 일이 일어난 거지? 감각이 사라졌다.

'저 애송이, 이제야 겨우 모습을 드러냈군…. 빨리 처리하고 무잔 님께 보고해야 해.'

"끝났네. 잘 가라."

거꾸로 뒤집혀진 시야 속에서 그 애송이가 이쪽을 내려다보고 있었다.

"넌 이제 두 번 다시 안 태어나도 돼."

투웅! 하고 머리통이 땅바닥과 충돌했다.

"……?!"

한동안 바닥을 구르다 멈췄고… 그제야 겨우 곳코는 그 사실을 알아차렸다.

'자? 자…!! 잘린… 잘….'

잘린 건가?!

'잘렸다, 잘렸다, 잘렸어어어어어!!!'

굣코의 머리통은 떨면서 땀을 내뿜었다.

'이럴 수가!! 말도 안 돼!! 믿을 수 없어!! 터무니없는 이상 사태다…!! 내가 진 거야?! 저런 어린애한테…!!! 내가!! 이 굣코가!!'

안개의 호흡 제7형 몽롱.

동작에 대폭의 완급을 줘서 적을 교란. 모습을 드러낼 때는 거북이처럼 느리고, 모습을 숨길 때는 눈 깜짝할 사이.

그 최고 속도는 상현5인 굣코도 능가했다.

이미 상처를 입은 무이치로가 상현을 쓰러뜨린 것이다…. 확실히 이것은 터무니없는 이상 사태.

"제기라아아알!!! 있어선 안 되는 일이야!!! 인간 주제에!! 감히 이 굣코 님의 목을!! 역겨운 하등 생물 주제에!!"

굣코의 머리는 키이이잇, 키이이잇 하고 귀가 째지는 비명을 지르며 주위를 데굴데굴 굴렀다.

"너희 백 명의 목숨보다 내가 더 가치가 있어! 선택받은!! 뛰어난! 생물이라고!!"

무이치로는 단지 고개를 숙이고 그 발악을 듣고 있었다.

"약하고!! 태어나선 그저 늙어 가기만 할 뿐인!! **시시하고 하찮은 목숨을** 내가 이 손!! 신의 손으로! 고상한 작품으로 **만들어 줬건만**!"

이 하등한 구더기들… 이라고 악을 쓰려던 그 머리는.

무이치로의 일륜도에 의해 잘게 다져졌다.

"이제 됐으니까, 얼른 지옥으로 가 주면 안 될까?"

그 말과 함께… 굣코의 머리는 먼지가 되어 사라졌다.

"토키토 님!! 괜찮으세요?"

근처에 숨어서 지켜보고 있었는지 카나모리가 곧바로 달려왔다.

"저는 이제 뭐가 뭔지 전혀 모르겠어요!"

"괜찮아, 괜찮아. 지금 기분이 아주 좋아. 그리고 당장 탄지로네 쪽으로 가 봐야 해."

무이치로는 웃으면서 말했다.

"안색이 심하게 안 좋은데, 정말로 괜찮으신 거예요?"

"완전 멀쩡하다니까? 내 얘기 듣고 있어?"

그렇게 말하면서 호흡은 상당히 거칠었다.

"응? 어째 헉헉거리시고… 몸도 달달 떨고 계시는데요?! 잠깐만요, 당신…."

떨고 있었다. 마구 떨고 있는데도 무이치로는 듣지 않았다.

"난 됐으니까 자넨."

코테츠 있는 데로 가 주면 안 될까?

라고 뒤집어진 목소리로 말한 순간, 무이치로는 무표정인 채로 입에서 거품을 쿨럭 뿜었다.

"우웨엑."

"거품 물고 계세요!!"

당황하는 카나모리 앞에서 낙법도 전혀 취하지 않은 채 무이치로는 얼굴부터 꽈당! 하고 지면에 쓰러졌다.

"으아아아악, 토키토 님~!!! 큰일 났다, 큰일 났다. 죽은 건가? 뭘 어떻게 해야 되는 거지?!"

독도 퍼지고, 전혀 괜찮은 게 아니었다.

카나모리는 무이치로의 주변에서 초조해할 뿐이었다.

"제발… 누가 좀!! 하가네즈카 씨!!"

그가 있었을 숲 너머를 향해 이름을 불렀지만, 대답조차 없

우웨엑.
거품 물고 계세요!!
으아아아악, 토키토 님──!!!
꽈당
독도 퍼지고, 전혀 괜찮은 게 아니었다.

었다. 희미하게 서걱서걱 소리가 나는 것을 보면 아직도 칼을 갈고 있으리라.

"젠장. 저 인간, 올 생각을 안 하네!! 하긴, 내가 죽을 뻔했을 때도 완전히 무시했지!"

그렇게 투덜거리는 동안에도 무이치로는 계속해서 거품을 내뿜었다.

"으악~!! 거품이 기도를 막아 위험해! 어, 어떡… 어떡하지?"

어버버버거리며 어쩔 줄 몰라 하는 카나모리의 등 뒤로… 스윽 하고 작은 그림자가 다가왔다.

"옆으로 돌려 뉘여 놓는 게 좋을걸요?"

"으아악~!! 코테츠 소년의 망령!!"

낫 물고기에게 명치를 찔려서 죽었을 터인 코테츠가 피범벅인 모습으로 그곳에 서 있었다.

"아니, 절대 안 죽었고, 망령도 아닌데요."

"아냐, 아냐, 원래 망령은 스스로 모르는 법이야. 자신이 죽었다는 걸."

"아니, 아니, 아니, 멀쩡히 살아 있는데."

"아냐, 아냐, 아냐, 아냐, 명치에서 그렇게 피가 났는데,

안 죽었을 리가 있나.”

비명을 지르고 두 손을 모아 나무아미타불이라고 외는 카나모리였지만, 코테츠는 차분하게 말했다.

“이건 칼에 베인 팔에서 난 피예요. 누르고 있다가 여기에 묻는 바람에. 팔에 난 상처가 비교적 깊어, 피가 멎지 않으면 곧 죽을 수도 있지만.”

그리고 배 쪽은…이라고 말하면서 코테츠는 품 안을 뒤적거렸다.

“탄지로 씨한테서 맡아 둔 날밑을 넣어 둔 덕에 살았어요.”

그가 꺼내든 것은… 화염을 본뜬 큼직한 날밑.

세상을 떠난 염주 렌고쿠 쿄쥬로가 쓰던 칼의 날밑이었다.

“새로운 칼에 달아 달라고 했거든요.”

그 대화를 듣고 있던 무이치로가 눈을 살짝 떴다.

렌고쿠의 날밑이 달빛을 받아 반짝이고 있었다.

“주로서 함께 노력하자.”

무이치로가 주가 되었을 때, 그렇게 말하며 웃어 준 렌고쿠의 목소리를, 얼굴을.

그는… 선명하게 기억해 냈다.

두 눈에서 눈물이 흘러넘쳤다.

“거봐, 다 잘됐지?”

아버지의 목소리가 들렸다.

따뜻한 손을 등에 얹어 준 것 같았다.

‘아버지… 어머니….’

흐릿해져 가는 의식 속에서 아버지와 어머니, 그리고… 형이 자신을 내려다보고 있었다.

그렇다. 아버지의 얼굴. 어머니의 얼굴.

“애 많이 썼구나.”

형, 유이치로의 웃는 얼굴.

…드디어 떠올렸다.

‘형….’

울면서.

무이치로는 조용히 눈을 감았다.

귀멸의
칼날

제 14 화 칸로지 미츠리의 주마등

화악! 하고 대원복을 잡아당기는 통에 탄지로는 하늘로 내던져졌다.

나무 용의 아래턱에 걸린 것이다.

붕 뜬 상태에서도 탄지로는 필사적으로 상황을 판단하려 했다.

'나무 용의 머리는 5개!! 늘어나는 범위는 대략 66척이다!! 됐다!! 한 가지는 알아냈어!'

공중에서 몸을 비틀어 공격해 오는 용의 머리를 향해 기술을 꺼냈다.

"히노카미 카구라… 푸른 비단…."

하지만 그 순간.

키이이이이잉!!

용의 입에서 고막을 찢는 울음소리가 터져 나오고, 그것은 소리의 덩어리가 되어 탄지로를 날려 버렸다.

"큭…."

나뭇가지에 등을 부딪치고, 이어서 지면에 격돌했다.

"우웩."

충격으로 구토했다. 고막이 터졌다.

어떻게든 몸을 일으키려 했지만, 땅을 짚은 손마저 구불구불 휘어져 보였다.

'눈이 뱅뱅 돌아서… 못 일어나겠어! 안 되는데!!'

빨리 일어나!! 빨리!!

고개를 든 용의 입이 다시 벌어졌다.

'공격이 날아온다!!'

콰아앙!!

공기 덩어리가 위에서 아래로 내리쳐졌다. 탄지로는 간신히 땅을 박찼다. 하지만 한발 늦어서, 왼쪽 다리가 우두둑 소리를 내며 부서졌다.

“크아악!!”

지면이 팔손이나무 잎 모양으로 패여 있었다. 그것은 카라쿠의 능력. 그리고 조금 전의 음파 공격은 우로기의 것이었다.

‘희로애락 도깨비의 힘도 쓸 수 있구나… 심지어 공격력이 올라갔어…!!’

조하쿠텐이 두웅! 하고 북을 울리자 이번에는 번개가 쳤다.

탄지로는 아슬아슬하게 그 사이를 헤치면서 도망치는 게 고작이었다.

‘호흡을 할 새가 없다! 회복이 안 돼!!’

공격이 날아올 거라는 걸 미리 알고 있어도, 점점 대처할 수 없게 되어가고 있었다. 숨이 연결되지 않는다…!!

‘하지만 66척 이상 떨어지면 어떻게든….’

탄지로는 필사적으로 거리를 벌리고 숨을 크게 들이마시려 했다.

‘됐다, 여기라면!’

그러나 발을 멈추자마자 또다시 울리는 북소리.

닿지 않을 터였던 용의 목. 하지만 그 입 안에서 한층 작은 용이 튀어나왔다.

투학, 투학, 투학!

그 용에서 더욱더 작은 용이. 거기서 또 용이.

'늘어났….'

줄줄이 엮인 염주처럼 이어져서 눈 깜짝할 사이에 탄지로를 따라잡았다.

맨 끝의 용의 입이 왼팔을 콰직 물더니 이번에는 빠르게 수축했다.

입 안으로 끌려가고 있었다!

'기술을 꺼내!! 베어….'

이미 늦었다.

나무 용은 탄지로를 입 안으로 덥석! 집어삼켰다.

"우우우우우!!"

다른 용에게 한쪽 팔을 물려서 매달려 있는 네즈코가 이쪽으로 손을 뻗으며 신음했다. 그러나 아무것도 할 수 없었다. 겐야 역시 다른 목에 휘감기고 말았다.

'다 틀렸어!! 짓눌린….'

삐걱삐걱 소리를 내며 위아래에서 압박해 왔다. 이러다 으깨질 것이다!

하지만 그때.

파바밧! 하는 검격이 나무 용의 외부를 베었다.

탄지로의 몸이 공중에 둥실 떠올랐다.

"꺄아~악! 엄청난 괴물! 뭐야, 저건?!"

"?!"

탄지로를 등에 업고 훌쩍 뛰어오른 것은… 칸로지 미츠리였다.

"괜찮니?!"

미츠리는 등에 업은 탄지로를 돌아보며 웃었다.

"미안해, 늦어서!! 아슬아슬했지?"

"카, 칸로지 씨!!"

미츠리는 충분히 떨어진 곳에 착지한 다음 나무숲 사이에 탄지로를 내려놓았다.

"이제 쉬고 있어!! 애 많이 썼어. 장해!"

격려하듯이 말하는 미츠리의 목소리는 고막이 찢어진 탄지로에게는 잘 들리지 않았다.

"잠깐만요! 상현이에요! 상현4…."

충고하려는 탄지로를 남겨 두고 미츠리는 땅을 박차서 눈

?!
괜찮니?!
미안해,
늦어서!!
아슬아슬했지?

깜짝할 사이에 조하쿠텐의 앞으로 돌아갔다.

“얘, 너! 장난이 과하잖아! 네즈코와 겐야를 돌려줘야겠어!”

꿈틀거리는 나무 용 위에 당당히 선 조하쿠텐은 미츠리를 내려다보고 툭 내뱉었다.

“닥쳐, 이 망할 계집. 나한테 명령해도 되는 건 이 세상에 딱 한 분뿐이야.”

쿠~궁!! 하고 미츠리는 번개를 맞은 것처럼 굳어 버렸다.

‘계집?! 마… 망할…. 나?! 나 말이야?!’

참고로 망할 계집은 미츠리가 이제껏 들은 말 중에서 가장 정도가 심한 폭언이었다.

‘어쩜 저럴 수가! 쟤는 어쩌자고 저런 막말을 쓰는 거지?! 내 남동생이랑 별반 차이도 없는 나이 같은데!!’

원래부터 가정 교육을 잘 받고 자란 미츠리는 그런 말을 써 본 적이 없거니와 들어 본 적도 없었다.

‘어라?! 하지만 도깨비는 실제 나이랑 생김새가 다르지? 그렇다 해도 너무해!’

충격과 분노로 부들부들 떠는 미츠리 따위는 상관하지 않고 조하쿠텐은 북을 쳤다.

"광명(狂鳴) 뇌살(雷殺)!!"

나무 용 2마리의 입에서 음파와 번개가 동시에 발사되어 미츠리를 덮쳤다.

"칸로지 씨!!"

떨어진 장소에서 탄지로가 소리쳤다.

하지만.

"사랑의 호흡 제3형 사랑 고양이 소나기!"

유연한 미츠리의 몸이 고양이처럼 뛰어올랐다 싶더니, 종횡무진으로 빛이 번쩍이면서 번개도, 소리의 덩어리조차도 튕겨냈다.

"나 화났거든?! 어린애처럼 생겼어도 안 봐줄 거야!"

공격 자체를 베어 버린 미츠리의 기술에 탄지로는 물론, 조하쿠텐조차도 숨을 삼켰다.

그녀의 몸 주위에 얇은 띠 같은 것이 팔랑이며 빛을 발했다.

분홍빛으로 빛나는 그것이야말로 미츠리가 쓰는 일륜도의 칼날이었다.

칸로지 미츠리의 애검은 몹시 얇고 유연하다.

기술의 속도는 우즈이 텐겐도 능가했다.

강력하게 '휘어지는' 칼에 여성 신체 특유의 유연한 근육, 관

칸로지
미츠리의
애검은

몹시 얇고

유연하다.

기술의 속도는
우즈이 텐겐도
능가한다.
강력하게 '휘어지는' 칼에
여성 신체 특유의 유연한 근육,
관절의 넓은 가동역이 더해져
그 속도를 가능케 하고 있다.

절의 넓은 가동역이 더해져 그 속도를 가능케 하고 있다.

자칫, 자기 자신도 도륙 낼 수 있을 만큼 다루기 어려운 칼.

그녀를 위해 만들어진, 오로지 그녀만이 쓸 수 있는 칼이었다.

두두웅! 두둥, 두둥, 두둥!!

북의 울림과 함께 나무 용의 목들이 차례차례 꿈틀거리면서 희로애락의 혈귀술을 펼쳤다.

카라쿠의 풍압이, 아이제츠의 창 모양 빛이, 숨 쉴 새도 없이 미츠리를 덮쳤다.

"사랑의 호흡 제2형! 번민하는 사랑!"

"제6형! 고양이발 사랑바람!"

그 모든 공격이 미츠리의 낭창낭창한 움직임과 넘실거리며 빛나는 칼날에 의해 베이고, 튕겨 나갔다.

기술 하나, 하나에 전부 따라붙는 미츠리를 보고 조하쿠텐은 심히 불쾌하다는 듯이 미간을 찌푸렸다.

'이 계집… 이 속도도 따라와? 그렇다면, 주술로 완전히 파묻어 주마.'

특대형 연타.

"혈귀술 무간업수(無間業樹)!!"

나무 용들이 단숨에 팽창했다.

5개의 머리는 하나하나가 천년 넘게 산 거목처럼 두꺼웠고, 심지어 그 줄기에서는 무수한 가지들이 꿈틀꿈틀 갈라져 나오더니 그 모든 가지 끝에서 용이 입을 쩍 벌렸다.

'꺄악~!! 광범위한 주술!! 다 막아 낼 수 있을까?!'

식은땀을 흘리면서도 미츠리는 화려하게 하늘을 날았다.

"사랑의 호흡 제5형 흔들리는 연정, 헝클어진 손톱!!"

자신에게 돌진해 오는 수많은 용의 입들을 모두 베어 버린 다음, 미츠리는 마침내 조하쿠텐의 정면으로 뛰어들었다.

그 유연한 칼날이 리본처럼 조하쿠텐의 목에 휘감겼다.

동시에 조하쿠텐이 입을 벌렸다.

'응?! 뭔가 하려고 하고 있나?! 하지만 괜찮아. 목만 베어 버리면….'

하지만 그 순간, 탄지로의 목소리가 들려왔다.

"칸로지 씨, 그놈은 본체가 아니에요!! 목을 베어도 안 죽어!!"

'뭐?! 맙소사. 정말로?! 판단을 잘못했….'

조하쿠텐의 입에서.

특대형 음압이 터져 나왔다.

"광압명파(狂壓鳴波)!!!"

지근거리, 정면에서 그 압력을 받았다.

미츠리는 기절해서… 그 자리에 무릎을 꿇었다.

"칸로지 씨!!"

탄지로의 절규.

"……!!"

"크아아앗!!"

나무 용에게 붙잡혀 있던 네즈코와 겐야도 혼신의 힘으로 탈출을 꾀했다.

'믿기가 어렵군!! 이 계집.'

조하쿠텐은 눈앞에 주저앉아 정신을 잃은 미츠리를 경악스러운 표정으로 바라봤다.

'방금 이 공격을 받고도 여전히 육체의 형태를 유지하고 있다니!!!'

꺄악—!!
광범위한
주술!!
다 막아낼 수
있을까?!
사랑의
호흡
제5형
흔들리는
연정,
헝클어진
손톱.

이 거리에서 그 압력을 받으면, 평범한 인간은 형체도 알아볼 수 없이 소멸될 터였다.

'맞기 직전에 온몸의 근육을 경직시킨 건가? …하지만 그 정도로 견뎌 낼 수 있는 게 아닌데.'

이해가 안 간다며 조하쿠텐은 찡그린 얼굴로 미츠리를 유심히 관찰했다.

'아아, 알았다. 이 계집… 덩치에 안 맞는 근력… 특이 체질. 이것 잘 됐네.'

질 좋은 고기를 먹는 건 힘으로 직결됐다.

'하지만 우선은 두개골과 뇌부터 후려쳐 박살을 내 볼까?'

조하쿠텐은 미츠리의 머리를 향해 주먹을 휘둘렀다.

이… 주먹이 도달하기까지 한순간.

칸로지 미츠리는 주마등을 보았다.

"당신과 결혼할 수 있는 건 곰이나 멧돼지나 소 정도밖에 없을 겁니다."

매화가 흐드러지게 피어난 아름다운 정원에서 그 사람은 말했다.

"그 이상한 머리 색깔도 자식에게 유전될까 봐 소름 돋아요. 이 맞선은 없었던 일로 합시다. 저는 그냥 잊어 주세요. 안녕히 가십시오."

7대 3 가르마에 안경을 낀 남자는 그 말을 툭 내뱉고는 미츠리에게 등을 돌려서 떠나가 버렸다.

2년 전. 칸로지 미츠리, 17세.

맞선이 깨졌다.

미츠리는 특수한 육체를 가진 인물이었다.

근육의 밀도가 일반인의 8배나 됐다.

그녀의 그 가녀린 팔은 근력적으로는 불끈불끈 단련한 남성의 팔을 몇 배나 웃돌았다.

얼마나 대단하냐면, 1살 2개월 때 남동생을 임신한 모친을 배려해 무게가 무려 4관*이나 되는 장아찌 누름돌을 번쩍 들

※4관(貫) : 현재의 15kg.

어 올렸다는 모양이다. 담대한 걸로 평판이 나 있던 모친은 이날 난생처음으로 다리가 풀렸다고 한다.

그리고 그녀는 아주 잘 먹었다. 씨름선수 세 사람보다도 많이 먹었다.

남들의 8배인 근력을 유지하기 위해서는 남들의 8배를 먹을 필요가 있는 것 같았다.

가장 좋아하는 음식은 벚꽃떡인데, 매일 170개씩 8개월간 먹고 또 먹은 결과, 머리카락 색과 눈동자 색이 벚꽃떡 색깔로 변해 버렸다.

맞선이 깨지던 날… 이것은 숨겨야겠다고 생각했다.

머리는 가루물감으로 까맣게 칠했다. 먹고 싶은 걸 꾹 참았더니 머릿속이 몽롱해졌다.

거짓말을 잔뜩 늘어놓고, 힘도 약한 척했다.

가족들 모두 그녀를 걱정했다.

하지만 그렇게 '평범한' 여자애를 연기하자 결혼하고 싶다는 사내가 나타났다.

다시 맞선을 봤다.

이번에는 잘될 것 같았다.

그러나.

'…이래도 되나? 정녕 이래도 되는 건가? 나는 평생 이러고 살아가야 되나?'

점점 위화감이 강해졌다.

'많이 먹는 것도, 힘이 센 것도, 이 머리카락도 전부 나인데… 나는 계속 내가 아닌 척해야 되는 건가?'

내가 그냥 내 모습으로 할 수 있는 일, 남에게 도움을 줄 수 있는 일이 있지 않을까?

내가 그냥 내 모습으로 살 수 있는 곳은 이 세상에 없는 건가?

날 좋아해 줄 사람은 없나?

'이런 건 이상해… 너무 이상해….'

"크아아아아!!!"

귓가에서 누군가의 외침이 들려서 미츠리는 퍼뜩 정신을 차렸다.

우당탕! 하고 땅바닥에 쓰러지는 감촉.

'어라?! 내가 의식이 날아가서….'

누군가… 여러 명이 자신을 안고 함께 땅바닥을 구르고 있었다.

그것은 탄지로와 네즈코와 겐야였다. 아마도 세 사람이 미츠리를 보호하듯 얼싸안고서 간발의 차로 조하쿠텐의 앞에서 그녀를 떼어 놓은 모양이었다.

"얼른 일어나, 일어나, 일어나! 다음 공격 날아든다!"

"알아…!!"

탄지로와 겐야가 말다툼을 벌이면서도 미츠리를 안아 올렸다.

"칸로지 씨를 지켜야 해!! 제일 가능성 있는 이 사람이 희망의 빛이야!! 이 사람만 살아 있어 주면 반드시 이길 수 있어!!"

탄지로가 외쳤다.

"다 같이 이기자!! 아무도 안 죽어, 우리는…."

힘이 센 네즈코가 미츠리를 안아 들고, 탄지로와 겐야가 그런 네즈코를 뒤쪽에서 지탱하면서 한 덩어리가 되어 달리기 시작했다.

두웅! 하는 북소리.

하늘에서 특대형 번개가 몇 발이나 쏟아져 내렸다.

하지만.

"다들 고마워~!! 주인데 실수해서 미안해애애!!"

리본처럼 나부끼는 분홍색 칼날.

"내 동료들은 절대로 죽게 놔두지 않을 거야!!"

바닥에 쓰러진 탄지로 일행의 중앙에서 무릎을 세우고 앉은 미츠리가 높이 든 일륜도를 휘두르고 있었다. 그 칼날은 아직 번개의 남은 불길을 반사해 반짝반짝 빛났다.

"귀살대는 나의 소중한 보금자리니까!! 상현이든 뭐든 상관 없어!!"

그녀는 그 칼날로 그 뇌격을 전부 베어 버린 것이다.

"난 나쁜 놈한테는 절대로 안 져!! 각오해. 작정하고 덤빌 거니까!!"

마구 찡그린 얼굴로 울면서 미츠리는 일어섰다.

그렇다. 절대로 이런 곳에서 질 수 없다.

귀살대는… 큰 어르신은. 미츠리가 대원이 되었을 때 이렇게 말씀해 주셨다.

"훌륭하구나. 넌 신에게 특별히 사랑받은 사람이다, 미츠리. 자신의 힘을 자랑스럽게 여겨라."

가족을 제외하고 그런 말을 해 준 사람은 큰 어르신이 처음이었다.

"널 욕하는 이들은 다들 네 재능을 두려워하고, 부러워하는

파직
내 동료들은
절대로
죽게 놔두지
않을 거야.
귀살대는
나의 소중한
보금자리니까,
......
파직
전부
베어
버렸어.
멋있
다!!
상현이든 뭐든
상관없어.
난 나쁜
놈한테는
절대로
안 져.
각오해.
작정하고
덤빌
거니까.

것뿐이니까.”

기뻤다.

감사합니다, 라고 인사하며 울었다.

‘엄마, 아빠. 날 튼튼하게 낳아 줘서 고마워.’

귀살대에선 다들 날 인정해 주었어.

도깨비한테서 지켜 준 사람들은 눈물을 흘리며 나에게 고맙다고 말해 줬어.

‘지급받은 대원복의 치마 길이가 내 것만 너무 짧아서 부끄러워했더니, 사주(蛇柱) 이구로 씨가 나한테 긴 줄무늬 양말을 선물해 줬어.’

여자인데 이렇게 강해도 되는 걸까?

또다시 인간이 아닌 것 같다고 뒷소리 듣진 않을까?라며.

겁이 나 힘을 억눌렀는데… 이젠 그만둘래.

“이 사람이 희망의 빛이야!!”

그래. 탄지로도 그렇게 말해 줬어.

모두의 기대에 부응하고 싶어.

미츠리는 고개를 들어 저 멀리 있는 조하쿠텐을 매섭게 노려봤다.

“나한테 맡겨. 모두 다 내가 지켜 줄 거니까.”

다시 북소리가 메아리쳤다. 거대한 나무 용이 목을 높이 쳐들었다.

“이쪽은 내가 알아서 처리할게!!”

탄지로 일행을 뒤에 남기고 미츠리는 땅을 박차서 뛰어 올랐다.

콰아아아아악!!

돌진해 오는 나무용들을 넘실거리는 칼날로 베어 버렸다.

베고 또 베어도 닥치는 대로 재생해 두 갈래, 세 갈래로 나뉘어 공격해 오는 나무 용.

‘심박수를 좀 더 높여야 해! 피의 순환 속도를 좀 더 높여서!’

좀 더 빠르고, 강하게…. 좀 더!!

“탄지로, 본체가 들어 있는 구슬은 어디 있는지 알겠어?”

“알아!! 이쪽이야.”

탄지로와 네즈코, 그리고 겐야는 탄지로의 코가 이끄는 대로 달렸다.

‘칸로지 씨가 저 어린 도깨비를 어떻게든 막아 주고 있는 동

안, 한시라도 빨리 본체 도깨비를 베어야 해!'

탄지로 일행이 달려가는 것을 조하쿠텐도 알아차렸다.

'!! 저 꼬맹이들이!'

본체로 향하는 그들을 방해하기 위해 나무 용을 보내려 했다.

그러나 무시무시하게 빠른 미츠리의 칼날이 그것을 저지했다.

고양이처럼 유연하고, 휘어지고, 뛰어오르는 몸.

그 일대에 빛을 흩뿌리는 얇고 긴 분홍색 칼날.

끼기긱!! 하고 삐거덕거리면서 나무 용이 절단되었다.

'이 계집… 아까보다 움직임이 빨라졌다!! 대체 무얼 한 거지?! 무얼 하고 있는 거지?!'

조하쿠텐은 하늘을 나는 미츠리를 응시했다.

'도대체 무얼….'

앞섶이 열린 그녀의 대원복 사이로 새하얀 피부가 훤히 보였다.

그 목덜미에… 꽃과 같은 형태의 반점이 또렷하게 떠올랐다.

'반점…?! 처음부터 있었나? 저건….'

도깨비의 문양과 비슷하다.

'불쾌하기 그지없군!! 이 계집 때문에 꼬맹이들 쪽으로 도마뱀을 보낼 수 없잖아!!'

북을 쳐서 용을 만들어 냈다. 그리고 베였다. 이것의 반복.

조하쿠텐은 이를 뿌드득 갈았다.

'꼴 보기 싫다!! 하지만.'

영원하지는 않다. 체력은 반드시 동이 나게 되어 있다.

'인간은 반드시!!'

제 15 화 새벽의 어둠이 걷힐 때

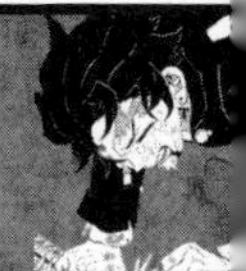

"크아아악!!"

탄지로, 네즈코, 겐야 세 사람은 본체를 감싼 나무에 달라붙어서 기어올랐다.

그러나 나무는 뜻대로 놔두지 않겠다며 격렬하게 꿈틀거렸다.

"떨려나면 안 돼!! 힘내, 힘내!! 나무로 된… 저것!! 뱀 도마뱀 용 같은 놈이 이쪽으로 안 오는 동안!! 칸로지 씨가 막아 주고 계신 동안!!"

"우우우!!"

하지만 나무의 움직임은 너무나도 격렬해서 이미 지친 탄지로와 겐야는 물론, 네즈코의 힘으로도 붙잡고 있는 것이 고작이었다.

'이런 상태로는 칼도 휘두를 수 없는데… 그렇다면…!!'

겐야는 있는 힘껏 나무줄기를 물어뜯었다.

'이 방법밖에 없지!!'

도깨비처럼 송곳니를 드러내서 나무를 빠직빠직 씹어 부수기 시작했다. 그리고는 그것을 삼켰다.

지켜보던 탄지로가 놀라서 외쳤다.

"근데 배탈 나진 않겠어? 겐야. 괜찮아?"

그 말도 귀에 들어오지 않는지 겐야는 나무를 먹는 데만 집중했다.

시나즈가와 겐야는 도깨비를 잡아먹음으로써 일시적이나마 도깨비의 체질로 변할 수 있었다.

강한 도깨비를 먹으면 그만큼 재생력도 커지고, 근력도 올라갔다.

신체 능력도 낮고 호흡도 쓸 줄 모르는 겐야가 주와 가까워지기 위해 동원한 고육책이었으나, 이것은 아무나 할 수 있는 일이 아니었다.

겐야 또한 특이 체질… 뛰어난 교합력(咬合力)과 특수한 소화 기관을 통해 단시간 도깨비화가 가능한, 귀살대의 유일한 인재였다.

겐야가 줄기의 중간 부분을 먹어 치웠다. 꿈틀거리던 줄기는 중간부터 콰그작 소리를 내며 부러졌고, 본체를 감싼 선단의 혹이 지면으로 떨어졌다.

'쓰러졌다!! 지금이야!!'

혹에 달라붙은 탄지로가 재빨리 칼을 내리쳤다. 하지만 나무 쪽도 가지를 채찍처럼 휘둘러서 공격해 왔다.

"크아앗…."

칼이 튕겨 나가기 직전인 탄지로에게로 네즈코가 자신의 피를 날렸다.

화르르르륵!! 나무 전체가 화염에 휩싸였다.

그리고 탄지로의 일륜도 역시.

"히노카미 카구라 염무(炎舞)!!"

탄지로는 또다시 혁도로 변한 칼을 들어서 나무의 혹을 두 쪽으로 갈랐다.

네즈코에 이어 겐야도 뛰어들었다. 두 쪽으로 갈라진 혹에 매달려서 안쪽을 열며 소리쳤다.

"해치워!!"

그 목소리에 답하듯 탄지로가 재차 칼을 치켜들었다.

그런데.

'없다!!'

혹 내부는 텅 비어 있었다. 탄지로는 필사적으로 주위를 둘러보고 냄새를 맡았다.

'또 도망갔어!! 어디지?!'

냄새는 난다. 틀림없이 있다.

'어디야?! 가깝다….'

"히이익."

가냘픈 비명이 들려왔다.

달려가는 자그마한 뒷모습이 보였다.

"야아아아아!! 도망치지 마아아!!! 책임을 피해 도망치지 마아앗!!"

탄지로는 목소리를 있는 대로 쥐어짜서 외쳤다. 전력으로 뒤쫓았다.

"네가 이제껏 저지른 죄! 악업! 그 모든 책임은 기필코 지게 만들 거야! 절대로 놓치지 않을 거라고!!"

새벽이 다가오고 있었다.

'칸로지 씨도 큰 기술을 연발해서 체력이 오래 가지 않을 거야. 그리고 동이 트면 도깨비는 달아나겠지. 서둘러야 해…!'

"작작 좀 해! 이 얼간아아아아아아!!"

겐야도 포효했다.

콰아아앙!!

괴력으로 근처에 있던 거목을 뿌리째 뽑아 도깨비를 향해 내던졌다.

'나무를… 집어던졌어~!!'

탄지로는 황급히 네즈코를 감싸며 땅에 엎드렸다. 겐야는 주변의 나무들을 잡히는 대로 뽑아 쾅쾅 던지고 또 던졌다.

"크아아아아앗!!!! 빌어먹으으으을!! 이제 제발 좀 죽어라…. 분위기 파악 좀 해애애애!!"

거목이 대기를 흔들며 차례차례 날아갔다. 작은 도깨비를 포위하듯 콰과과앙! 하고 뿌리부터 지면에 꽂혔다.

"끼야아악!"

도깨비가 멈춰 섰다. 이때다 하고 네즈코가 뛰어들었다. 그러나 그녀의 손톱도 허공을 갈랐다.

히이이익! 하고 비명을 지르며 도깨비는 아직도 도주를 계속했다.

"발 더럽게 빨라아아!! 뭐야, 저 자식? 젠자아아앙!! 못 따라 잡겠어어어!!"

겐야도, 탄지로도 죽을힘을 다해 쫓았다.

'헉…!! 빠르다!! 젠장!! 계속 도망 다닐 셈이로군! 동 트기 전… 칸로지 씨가 쓰러질 때까지.'

그렇게 놔두진 않을 거야!! 우리가.

'네가 이기는 꼴은 못 봐!!'

"크악…."

하지만 다리가 욱신거려서 탄지로는 휘청거렸다.

'아아아, 안 되겠다… 발에 힘이 안 들어가. 왼쪽 다리만 안 다쳤어도…!!'

네즈코와 겐야는 앞서서 달리고 있었다.

뒤처지기 시작해 초조해진 탄지로의 머릿속에 불현듯… 동기 대원이자 친구인 아가츠마 젠이츠의 말이 떠올랐다.

"번개의 호흡은 다리 쪽에 의식을 제일 집중시켜야 돼."

순간의 가속만을 따지면 모든 호흡 중에서 최고 속도를 자랑하는 '번개의 호흡'의 사용자 젠이츠.

"자신의 몸 치수나 근육 하나하나의 형태는 의외로 제대로 파악하질 못하거든, '그걸 전부 인식해야 비로소 진정한 '전집중(全集中)'이다'라고 날 키워 준 할아버지가 자주 그러셨어."

'그래. 젠이츠가 가르쳐 줬어… 그 방법을.'

근육섬유 한 올, 한 올, 혈관 한 줄, 한 줄까지 공기를 퍼트린다.

힘을 다리에만 모으고.

또 모아서.

'단숨에… 폭발시킨다!'

탄지로는 땅을 박찼다.

마치 젠이츠의 '벽력일섬'처럼.

공기를 가르는 천둥처럼…!!

"!!"

네즈코와 겐야를 순식간에 추월하고.

"!!"

작은 도깨비를 따라잡았다.

콰아아아앙!! 내리쳐진 혁도가 마침내 뒤쪽에서 도깨비의 목을 포착했다.

'밀어붙여!! 밀어붙여!! 이번에야말로! 혼신의 힘을 다 해서!!'

이마의 반점이 뜨거워지고, 불타는 칼날이 가느다란 목에 뿌드득 파고들었다.

않으냐
아아아
아아아!!!

그러나.

"너어어어언! 내가아아아아!"

칼날이 들어간 부분을 축으로 머리가 뒤쪽으로 빙그르 도는가 싶더니.

"불쌍하지도 않으냐아아아아아아!!!"

갑자기… 도깨비는 거대해졌다.

올려다봐야 할 크기까지 부풀어 오르더니 날카로운 손톱이 달린 양손으로 탄지로를 붙잡아 꽉 쥐어서 뭉개려 했다.

"약자 좀! 괴롭히지 마아아아아아아!!!"

두개골에서 뿌드득 소리가 났다. 거기에 겐야가 뛰어와서 도깨비의 손을 떼어 내려고 포효했다.

"네놈의 논리는 전부 틀려먹었어! 이 머저리 같은 놈아아아아!!"

전력으로 손가락을 뜯어내려 하지만, 저항할 수 없었다. 뭉개진다!

네즈코가 달려들었다. 그녀의 피가 불타올랐다.

"크아악!"

도깨비의 몸과 능력을 태우는 폭혈 앞에서는 제아무리 한텐구라도 맥을 못 췄다.

"으아아아아!!"

그 틈을 놓치지 않고 겐야가 힘을 쥐어짰다. 불타는 한텐구의 양팔이 어깨부터 뜯겨 나갔다.

"우앗!"

탄지로의 몸이 휘청거렸다. 눈앞은 벼랑이었던 것이다.

불길에 휩싸인 한텐구와 함께 네즈코와 탄지로는 벼랑 아래로 거꾸로 떨어졌다.

"탄지로…! 네즈코…!!"

네즈코의 폭혈에 의해 겐야에게 깃들어 있던 도깨비의 힘도 함께 타서 없어지고 말았다. 평범한 인간으로 돌아온 겐야는 벼랑 아래를 내려다보며 절규했다.

네즈코와 한텐구는 땅에 세게 충돌했고, 탄지로는 간신히 벼랑 중간에 자라난 소나무에 걸려 있었다.

"콜록… 콜록…."

격렬한 기침을 하면서 한텐구는 일어났다. 목에 탄지로의 일륜도를 꽂은 채로 걷기 시작했다.

'낭패다… 재생이 더뎌지고 있어…. '조하쿠텐(憎珀天)'이 힘을 과용하고 있다…. 인간의 피와 살을 보충해야 해.'

놓치지 않을 거야….
지옥 끝까지 도망쳐도 쫓아가서
목을
벨 거라고…!!
오
찾았다…!!
인간이다…!!
저 애송이 세 놈 중 하나는 도깨비라 골칫덩이다.
번번이 방해할 거야.

가까운 데서… 인간의 기운이 느껴진다.

'느껴져….'

"거기 서."

낮은 목소리가 자신을 부르자 한텐구는 뒤를 돌아봤다.

소나무에 꼴사납게 매달린 애송이가 피칠갑을 한 얼굴로 이쪽을 노려보고 있었다.

"놓치지 않을 거야…. 지옥 끝까지 도망쳐도 쫓아가서… 목을 벨 거라고…!!"

오싹 소름이 돋았다.

서둘러 달렸다. 놈에게서 멀어져야 한다.

주변은 탁 트인 풀밭이었다. 고개를 들자 조금 떨어진 곳에 사람 그림자가 보였다.

'찾았다…!! 인간이다…!!'

몇 자루나 되는 칼들을 한아름 안은 오뚝이 가면의 남자들이 움찔 놀라서 돌아봤다. 마을에서 도망쳐 온 도공이리라.

'저 애송이 세 놈 중 하나는 도깨비라 골칫덩이다. 번번이 방해할 거야.'

다행히도 네즈코는 정신을 잃은 듯했다.

'결국 저 애송이의 칼은 내 목에 파고들기만 했지, 베지는

못한다. 일단은 저 인간부터 잡아먹어 보충한 다음….'

등 뒤에서 탁, 쿵 소리가 났다.

탄지로가 소나무에서 벗어나 벼랑을 굴러서 떨어진 것이다.

'서둘러… 빨리 해, 다시 한번.'

비틀거리면서 일어난 탄지로는 다리에 집중하려 했다.

'다시 한번 이 지면을 전집중으로 박차서!!'

그때.

슈웅슈웅슈웅 하고 뭔가가 공기를 가르는 소리가 나는 것 같더니, 느닷없이 눈앞의 땅에 칼 한 자루가 꽂혔다.

'?! 칼….'

"사용해!"

돌아보니 벼랑 위에서 다투는 듯한 두 사람의 형체가 보였다.

"탄지로, 그걸 사용해!"

"토…."

한 사람은 토키토 무이치로. 다른 한 사람은 본 적 없는 장발의 남자.

"도로 내놔! 웃기지 마, 죽여 버릴 거야, 쓰지 마! 1단계까지밖에 못 갈았다고, 도로 내놔!!"

하지만 냄새와 목소리로 알 수 있었다. 틀림없이 하가네즈카였다.

“곧 동이 튼다!! 도망갈 거야!”

“이 빌어먹을 꼬맹이!!”

“아얏.”

분노에 휩싸인 하가네즈카에게 얻어맞으면서 무이치로가 외치고 있었다.

그 주위에 코테츠와 카나모리의 모습도 보였다.

이것은 하가네즈카가 갈던 칼. 그 ‘요리이치 영식’ 안에서 나타난 칼이구나!

‘토키토, 고마워!!’

탄지로는 그 칼의 자루를 잡자마자 마지막 힘으로 땅을 박찼다.

퍼어엉!! 폭발하는 듯한 소리와 함께 순식간에 한텐구를 따라잡아 칼을 휘둘렀다.

“원무일섬(圓舞一閃)!”

한텐구의 목이… 날아갔다.

하악, 하악, 하악.

거친 숨을 내뱉으면서 탄지로는 이곳저곳을 둘러봤다.

서서히 쓰러지는 한텐구의 몸.

동쪽 하늘이 이미 환했다.

'동이 튼다!! 이렇게 탁 트인 장소는 곤란해!!'

벼랑 아래에서 네즈코가 다친 눈을 문지르며 겨우 몸을 일으키는 것이 보였다.

주위에는 햇빛을 가릴 것이 아무것도 없었다.

'네즈코, 도망쳐.'

소리치려 했다. 하지만 그와 동시에 격렬한 기침을 하고 말았다.

'윽!! 목소리가 안 나와!!'

네즈코가 일어나서 이쪽으로 달려왔다.

'아니야!! 네즈코. 이리로 안 와도 돼!'

너야. 너란 말이야, 위험한 건. 곧 햇빛이 비칠 테니까!

달려온 네즈코를 몸으로 막듯이 탄지로는 뛰어들었다. 겨우 목소리가 나왔다.

"네즈코!! 어서 도망쳐…!! 그늘이 생길 곳으로!"

하지만 네즈코는 손가락을 들어 탄지로의 어깨 너머의 뭔가를 필사적으로 가리켰다.

"우웃!! 우우우."

"?!"

"으아아아아아아아악!!"

"도망쳐!! 도망쳐!!"

비명이 들려왔다. 탄지로는 황급히 뒤돌아봤다.

칼을 안은 오뚝이 가면의 남자들이… 한텐구의 목 없는 몸에 쫓기고 있었다.

"아직 안 죽었어!! 목이 잘렸는데도!"

분명히 쓰러져 있던 한텐구의 몸이 다시 일어나 도공들을 쫓아다니는 것이다.

"?! 엇…?"

탄지로는 바닥을 구르는 머리를 쳐다봤다.

볼품없이 쩍 벌어진 입 밖으로 축 튀어나온 혓바닥.

그곳에 새겨진 글자는 '恨'.

'혀에 '원망할 한(恨)' 자가?! 본체는 분명 '겁(怯)'이었는데….'

혀의 글자가 다르다!!

이놈은 본체가 아니었던 건가?! 언제, 어디서 뒤바뀌었지?!

'실수했다!! 막아야 해…. 저놈의 숨통을.'

탄지로가 달려가려 한 그때.

언덕 저편에서… 빛이 비쳤다.

곧 해가 떠오른다. 아침노을은 그 전조.

치익! 하고 뭔가가 불에 타는 소리가 났다.

"크아앗!"

네즈코가 비명을 지르면서 얼굴을 감쌌다. 그 얼굴, 그 손이 점점 타들어갔다.

"네즈코!!"

탄지로는 여동생의 몸을 감쌌다. 껴안아서 햇빛을 가렸다.

"줄여!! 몸을 작게 줄여!! 줄이라고!!"

"으윽…."

네즈코는 필사적으로 몸을 줄이기 시작했지만, 그러는 사이에도 얼굴과 손에서 치이이익 연기가 났다.

'아직 해가 다 뜨지도 않았는데 이렇게…!!'

그러나 그때, 풀밭 건너편에서 으아아악 하는 남자의 비명이 터져 나왔다.

'이런!!'

한텐구의 몸이 도망치는 도공들을 거의 따라잡은 상황이었다.

'누가 좀…!! 겐야!! 토키토….'

벼랑 위에서 겐야가 이쪽으로 내려오려 했다. 토키토도 뛰어내리려는 것을 코테츠가 만류하고 있었다. 아아, 하지만 이미 늦었다. 이제는.

'당연히 무리겠지. 벼랑 위에서 여기까지 오는 건.'

오, 그래, 저 도깨비도 아침 햇살에…!! 그냥 내버려둬도 햇빛이 닿으면.

'안 돼!! 그 전에 마을 사람이 당한다!!'

잃어버린 목숨은 돌아오지 않는다. 설령 그다음 순간에 도깨비가 죽는다 해도, 살해당한 사람은 돌아오지 않는다.

심장이 두근두근 뛰었다.

'네즈코를 끌어안고 이동했다간… 한발 늦을 텐데….'

선택할 수밖에 없는 건가. 네즈코냐, 저 사람들이냐. 지금 여기서.

'아아!! 안 되겠다. 결단을 못 내리겠어, 결단을….'

그때.

갑자기 뻐엉 하고 네즈코가 탄지로를 발로 차 올렸다.

치이잉
치이이익
크아앗.

“큭…!!”

칼을 쥔 채로 탄지로는 공중에 떠올랐다.

거꾸로 뒤집힌 시야 속에서, 땅바닥에 누운 네즈코는 웃고 있었다.

햇빛에 치익치익 타들어 가면서… 구김살 없는 얼굴로.

가라고.

자신은 상관하지 말고 저 사람들을 구하라고.

네즈코는… 그렇게 말하고 있는 것이다.

공중에서 몸을 빙그르 회전시켜 착지한 탄지로의 눈에서 눈물이 흘러넘쳤다.

하지만… 더 이상 뒤를 돌아볼 수 없었다.

‘냄새로 알아내라. 아직 멀리 도망가진 못했어.’

판단해라. 지금 가장 중요한 일은 무엇인지를.

‘본체가 갑자기 멀리 떨어졌다면 냄새로 알았을 거야. 분명 가까운 곳에 있다.’

어디지? 냄새로 알아내. 그 형태를, 색깔을.

궁극의 선택 끝에 더욱더 예리해진 탄지로의 감각이, 후각이.

본체의 기척을 감지했다.

'거기냐? …아직 도깨비 몸속에 있구나.'

그런가. 저 도깨비의 몸속에… 더 깊숙이 숨어들어 갔다.

'좀 더, 좀 더 선명하게, 좀 더.'

탄지로는 도깨비의 몸에 접근하면서 온 신경을 집중했다.

그러자… 모든 것이 비쳐 보이기 시작했다.

도깨비의 기모노가, 피부가, 근육이… 투명해졌다.

심장마저… 보였다.

'찾아냈다….'

심장 속.

무릎을 끌어안듯이 웅크리고 있었다.

'이번에야말로 끝이다, 이 비겁자! 악귀야!'

"으아아아아악! 다 틀렸어!! 다 틀렸어!!"

"끼야아악! 따라잡힌…."

도깨비의 몸이 울부짖는 도공들의 머리를 막 움켜쥔 그때.

탄지로가 도깨비의 정면에 쿠웅! 내려섰다.

"그 목숨으로 죗값을 치러라!!!"

피를 토하는 듯한 외침과 함께 그 불타는 칼날이 도깨비의 몸에 파고들었다.

쿠웅
그 목숨으로
죗값을 치러라!!!

제 16 화 승리의 명동(鳴動)

"네놈이 한 짓은 다른 누구도 아닌, 네놈이 책임져라."

이 일구이언하는 거짓말쟁이 사기꾼 같으니…라고 한텐구에게 말한 자는 누구였을까?

'나는 태어나서 단 한 번도 거짓말 따윈 해 본 적 없는, 선량한 약자야.'

이토록 불쌍한데도 아무도 동정해 주질 않는다고… 한텐구는 그렇게 믿었다.

타는 듯한 고통이 목에 느껴졌을 때. 한텐구는 떠올렸다.

'뭐지, 이건…?'

어릴 적부터 거짓말쟁이에, 무엇이든 남의 탓으로 돌리며 살아왔다.

이름도, 나이도, 경력도 그때그때 지어내기를 되풀이하다 보니 어느덧 무엇이 사실인지를 스스로도 알 수 없어졌다.

몇 번인가 결혼도 해서 아이도 태어났지만, 얼마 안 가서 자신을 보고 거짓말쟁이라느니 불성실하다느니 하며 비난하기 시작했다.

그럴 때마다 죽였다. 죽이고 도망쳤다.

어느 날, 험상궂은 남자에게 부딪쳐서 얻어맞을 뻔했을 때 순간적으로 맹인 행세를 했더니 용서해 줬다.

이거 아주 좋은 방법이라며 맛을 들였다.

에도 시대에는 눈이 불편한 사람을 위한 조직이 있었다. 비파나 샤미센 등을 연주하거나, 침술이나 안마 등 눈이 보이지 않아도 할 수 있는 일을 가르쳐 줬고, 막부로부터 보호도 받았다.

눈이 보이지 않는 척 남의 집에 들어가서 방심한 상대의 금품을 훔쳤다.

"넌 왜 자꾸 남의 걸 훔치는 거냐. 심지어 그토록… 눈이 안 보이는 우리에게 잘해 주신 분한테서."

결국은 지인 중 한 명에게 들켰다.

"나리는 모르는 척 덮어 주고 계시지만, 난 용서 못 한다. 이 길로 관아에 가야겠어."

'내 잘못이 아니야!! 이 손이 잘못한 거지!! 이 손이 멋대로!!'

정신을 차리고 보니 그놈을 죽인 뒤였다. 그리고 끝내 체포 당했다.

관아 규문소로 끌려가 멍석 위에 앉혀졌다.

"다른 마을에서도 네놈은 도둑질과 살인을 일삼았다지? 동정할 여지도 없다."

관리가 높은 곳에 앉아 쏘아붙였다.

"당치도 않사옵니다. 쇤네에겐 무리예요. 이렇듯 눈도…."

애처롭게 호소했지만, 관리는 딱 잘라 말했다.

"네놈은 눈이 보이잖아. 예전에 이 규문소에 왔던 맹인은 내가 말하기 시작하기 전까지 담벼락 쪽을 향해 있었느니라."

눈이 보이지 않는다면 목소리가 들릴 때까지 상대가 있는 장소를 알 수 없을 것이라고 관리는 말했다.

"손이 잘못했다 이것이냐!! 그럼 그 두 팔을 잘라 버리겠다!!"

'인간 시절의 나인가? 이건….'

그리고… 그리고 어떻게 됐던가.

그래, 감옥에 젊은 남자가… 키부츠지 무잔이 나타나서.

"가엾게도, 내일 처형이라니. 내가 구해 주마."

그리하여… 나는 도깨비가 된 것이다.

도깨비가 되어서 처음으로 한 일은 나에게 벌을 내린 관리를 죽이는 것이었다.

하지만 관리는 피를 철철 흘리면서도 이쪽을 무섭게 노려봤다.

"네놈이 뭐라 변명해도 사실은 변치 않는다! 내 입을 막아 봤자 소용없어!"

그 더러운 목숨으로 죗값을 치를 날이 반드시 올 것이다, 라고.

'주마등인가?'

탄지로의 칼날이 목 없는 도깨비의 오른쪽 어깨에서 왼쪽 가슴으로, 단번에 내리쳐졌다.

그것은 정확하게 심장에 숨어 있던 작고 작은 도깨비의 목을 잘라 냈다.

손에 느낌이 왔다.

탄지로의 눈앞에서 도깨비는 눈 깜짝할 사이에 먼지가 되어 사라졌다.

거친 숨을 내뱉으면서… 탄지로는 그 자리에 몸을 웅크렸다.

'이겼다… 네즈코를 희생시키고….'

이미 동쪽 하늘에는 아침 해가 서서히 모습을 드러내서 주변을 그 청아한 빛으로 비추고 있었다.

'햇빛에 타들어 가서 네즈코는 뼈도 안 남았겠지….'

으흑, 흑 하고 오열이 새어 나오기 시작한 탄지로 곁에 마침내 목숨을 구한 마을 도공들이 다가왔다.

그들도 처음에는 뭐라고 말을 걸어야 할지 몰라 망설이는

헉

…….

헉

헉

…!!

아,

아,

안녕.

눈치였지만, 이윽고 남자 한 명이 깜짝 놀란 소리를 냈다.

"카마도 님… 카, 카마도 님. 카마도 님."

다급히 이름을 부르는 소리에 탄지로는 마침내 얼굴을 들었다.

"……?"

"카마도 님…."

남자가 손으로 가리키는 쪽을 돌아보니… 그곳에는.

네즈코가 서 있었다.

햇살을 받으며.

"……!!"

타들어 갔던 얼굴도 거의 다 나은 뒤였다.

재갈이 벗겨진 맨얼굴의 네즈코는… 탄지로를 향해 미소를 지어 보였다.

그리고.

"아, 아, 안녕."

그렇게… 또박또박 말했다.

비슷한 무렵.

【탄지로 씨. 십이귀월과 네즈코 씨의 피를 제공하여 연구에 협력해 주셔서 고맙습니다.】

타마요가 자신 앞으로 그런 편지를 적는 중이라는 것을 탄지로는 아직 몰랐다.

【아사쿠사에서 무잔이 도깨비로 만든 남성이 자아를 되찾았습니다. 네즈코 씨의 피 덕분이죠.】

타마요는 네즈코의 피를 연구함으로써 마침내 도깨비가 무잔의 지배에서 해방되어 인간을 잡아먹지 않고도 소량의 피를 마시는 것만으로 살아갈 수 있게 되는 약을 만들어 낸 것이다.

【네즈코 씨의 피의 변화에는 연신 놀라고만 있네요.

이 단기간에 피의 성분이 몇 번이고 계속 변화되고 있습니다.】

제가 줄곧 생각해 보았습니다, 라고 타마요는 적었다.

【네즈코 씨가 여전히 자아를 되찾지 못하고, 어린애 같은 상태인 이유를.

분명 네즈코 씨 안에는 자아를 되찾는 것보다 더 중요하고 우선시해야 될 일이 있는 게 아닌지.

탄지로 씨. 이것은 완전히 제 억측이지만,

네즈코 씨는 가까운 시일 내에 태양을 극복할 것 같습니다….】

네즈코가 햇빛 아래에 서 있었다.

탄지로를 향해 미소를 지었다.

탄지로는 도공들의 부축을 받으며 네즈코에게로 비틀비틀 걸어가 상처투성이 손을 그 어깨에 갖다 댔다.

"네즈코… 다행이다…. 괜찮은 거야? 너… 인간으로…."

"다, 다행이다. 괘… 괜찮아."

네즈코는 생글생글 웃으며 탄지로가 한 말을 더듬더듬 반복했다.

"잘됐다. 그치?"

'말하고 있다…!!'

하지만 눈도, 송곳니도 그대로야….

'인간으로 돌아온 건 아니야….'

약간의 낙담. 그래도. 아아, 그렇지만.

"둘 다 고마워. 우릴 위해서…."

도공들이 탄지로에게, 그리고 네즈코에게 진심을 담아 말했다.

"네즈코가 죽었다면, 정말 면목이 없었을 거야."

"아아… 정말로 다행이야."

그렇다. 정말로 다행이다.

"머, 먼지가 되어 사라지지 않아서."

와락! 하고 탄지로는 여동생을 끌어안았다. 그리고 드디어 큰 소리로 울기 시작했다.

"으허어어어엉! 다행이다…!! 다행이야아아! 네즈코가 무사해서 천만다행이야아아!!"

"다행이야."

네즈코도 오빠를 껴안았다.

갑자기 힘이 풀렸는지 탄지로가 그 자리에 풀썩 주저앉았다.

"우와아앗!! 갑자기 한계가 왔어."

"카마도 소년! 정신 차려!"

덩달아 울면서 당황하는 도공들의 품 안에서 탄지로는 다행

다,
다행이다.
괘, 괜찮아.
잘됐다.
그치?
말하고 있다…!! 하지만 눈도, 송곳니도 그대로야….
인간으로 돌아온 건 아니야….
둘 다 고마워. 우릴 위해서….
네즈코가 죽었다면, 정말 면목이 없었을 거야.
아아…, 정말로
다행이야.
먼지가 되어 사라지지 않아서.
머,

이야, 라고 중얼거리고는… 이번에야말로 마음을 푹 놓고 눈을 감았다.

"잘됐구나… 탄지로… 네즈코."

겐야는 간신히 벼랑 밑으로 내려와 그런 남매를 지그시 바라봤다.

어쩐지 마음이 가벼워진 기분이 들었다.

그리고 같은 무렵.

숲속에서 조하쿠텐과 싸움을 이어 가던 미츠리도.

"끼야아아아아아악~!!! 더는 무리야!! 미안해. 곧 죽겠어~!!"

한계를 선언한 순간에 갑자기 눈앞에서 나무 용이 붕괴되어서 어안이 벙벙해졌다.

그토록 거대하고 사납게 날뛰던 용은 눈 깜짝할 사이에 산산이 부서졌고, 이어서 조하쿠텐 본인도 순식간에 먼지로 변해 사라졌다.

"하아아, 살았다…!!"

미츠리는 땅바닥에 털썩 주저앉아서 큰 한숨을 내쉬었다.

"탄지로네가 본체의 목을 베었구나?"

……
잘됐구나….
탄지로.
…네즈코.

상현 도깨비 둘을 처치한, 귀살대 역사상 최대라고도 말할 수 있는 전과(戰果).

하지만 그 '낭보'는 전혀 다른 의미를 갖고 어느 장소에도 도달해 있었다.

"어머나, 토시쿠니. 무슨 일이니? 이렇게 어질러 놓다니."

하녀를 거느리고 아들의 방에 찾아온 부인이 미소를 지으며 말을 걸었다.

얼마 전에 양자로 맞이한 소년 토시쿠니는 성실하고 우수해서 부인의 자랑거리였다.

그 토시쿠니가 어째선지 책장 앞에 가만히 서 있었다. 발밑에는 수많은 책들이 난잡하게 흩어져 있었다.

"드디어 태양을 극복한 자가 나타났어…!! 잘됐다, 한텐구!!"

토시쿠니는 부인 쪽을 돌아보지도 않은 채 책장을 향해서 흥분한 목소리로 외쳤다.

"어머나, 꽤 즐거운 모양이구나? 읽던 책 내용이니…?"

부인이 아들에게 걸어가려 한 순간.

좌악 하고 기묘한 소리가 나면서… 부인의 몸이 쓰러졌다.

"어?"

홍차를 나르던 하녀가 놀라서 뒤를 돌아봤다.

"어? 마님?"

피바다 속에 부인이 쓰러져 있었다.

"머리가… 어디 갔어요? 어디…. 어어?"

부인의 머리가 없었다. 이해가 따라가지 못했다. 방금 전까지 옆에서 웃고 있었건만.

"이로써 푸른 피안화를 찾을 필요도 없어졌다."

킥킥킥 웃은 것은 토시쿠니 소년이었다.

"긴 세월이었어…!! 하지만 이걸 위해서… 바로 이걸 위해서 천 년 동안! 늘리기 싫은 동족을 계속 늘려 왔던 거야!"

멍하니 서 있는 하녀의 눈앞에서.

소년의 모습이 순식간에 변화하기 시작했다.

"십이귀월 가운데서조차 나타나지 않은 희귀한 체질… 선택받은 도깨비!!"

꾸드드득 소리를 내면서 소년의 몸은 부풀어 올라 성인 남자의 모습으로 변했다.

"그 계집을 잡아먹어 수용하면, 나도 태양을 극복할 수 있어!!"

그 붉은 눈. 날카로운 손톱이 달린 커다란 손.

"꺄아아아악!!"

하녀가 마침내 비명을 지르고 몸을 돌려 도망치려 했다.

"살인자!! 괴물!! 괴물!! 나리이이…!!"

하지만 그가 팔을 든 것만으로… 하녀의 상반신은 날아갔다.

더 이상 이런 곳에서 어린아이 행세를 할 필요 따위 없었다.

남자… 키부츠지 무잔은 전에 없을 정도로 후련하게 웃었다.

남자는 떠올렸다. 지금까지의 긴 여정을.

키부츠지 무잔을 도깨비로 만든 것은 헤이안 시대의 선량한 의사였다.

무잔은 어느 유복한 집안의 아들로 태어났지만, 몸이 약해서 스무 살이 되기 전에 죽을 거라는 소리를 들었다.

의사는 그런 그를 조금이라도 오래 살려 보려고 고심한 후에 어떤 약을 주었다.

그 계집을
잡아먹어
수용하면,
나도 태양을
극복할 수 있어!!
까아아
아악!!
살인자!!
괴물!!
괴물!!
나리이이―!!

그런데 무잔은 약을 먹고도 병세가 악화되자 성이 나서 어느 날 의사를 죽이고 말았다.

그 의사의 약이 효험이 있었다는 걸 깨달은 것은 그로부터 얼마 지나지 않아서였다.

무잔은 강인한 육체를 손에 넣은 듯했다.

하지만 문제가 있었다.

햇빛 아래서 걸어 다닐 수 없다.

그냥 알 수 있었다. 햇빛에 닿으면 죽는다는 걸.

인간의 피와 살이 필요한 건 사람을 죽이면 해결되기 때문에 무잔에게는 그리 큰 문제가 되지 않았다.

그러나 낮 동안에 행동이 제한되는 것은 굴욕적이라 분노가 쌓여 갔다.

햇빛에도 죽지 않는 몸이 되고 싶었다.

의사가 만든 약의 조합을 살펴보았으나 시작품 단계라 그런지, '푸른 피안화'라는 약을 만드는 방법은 알 길이 없었다.

그 약에는 실제로 파란색 피안화가 사용된 것 같은데, 그 꽃이 어디에 서식하고 있는지, 아니면 재배할 수 있는 것인지, 알고 있던 건 그가 죽인 의사뿐.

일본 전역 어디를 찾아봐도 나오질 않았다.

무잔은 완벽한 불사신이 되기 위해 푸른 피안화와 태양을 극복할 수 있는 체질을 가진 자를 찾아내는 일, 이 두 가지를 가장 우선시해 왔다.

동료 따위에 아무런 관심도 없는 그가 도깨비를 계속해서 늘려 온 것은 단지 그것만을 위해서였다.

하지만 마침내. 그 목적은 이루어졌다.

네즈코가 태양을 극복한 지금.

네즈코를 둘러싸고… 예전보다 더욱 가열차고 큰 싸움이 시작될 것이다.

"탄지로, 괜찮아?"

네즈코에게 업힌 탄지로의 얼굴을 들여다 본 사람은 무이치로였다. 그 역시 코테츠의 어깨를 빌려서 겨우 서 있는 상태였다.

"아… 토, 토키토… 다행이다… 무사해서…."

이제
네즈코가 태양을
극복한 지금,

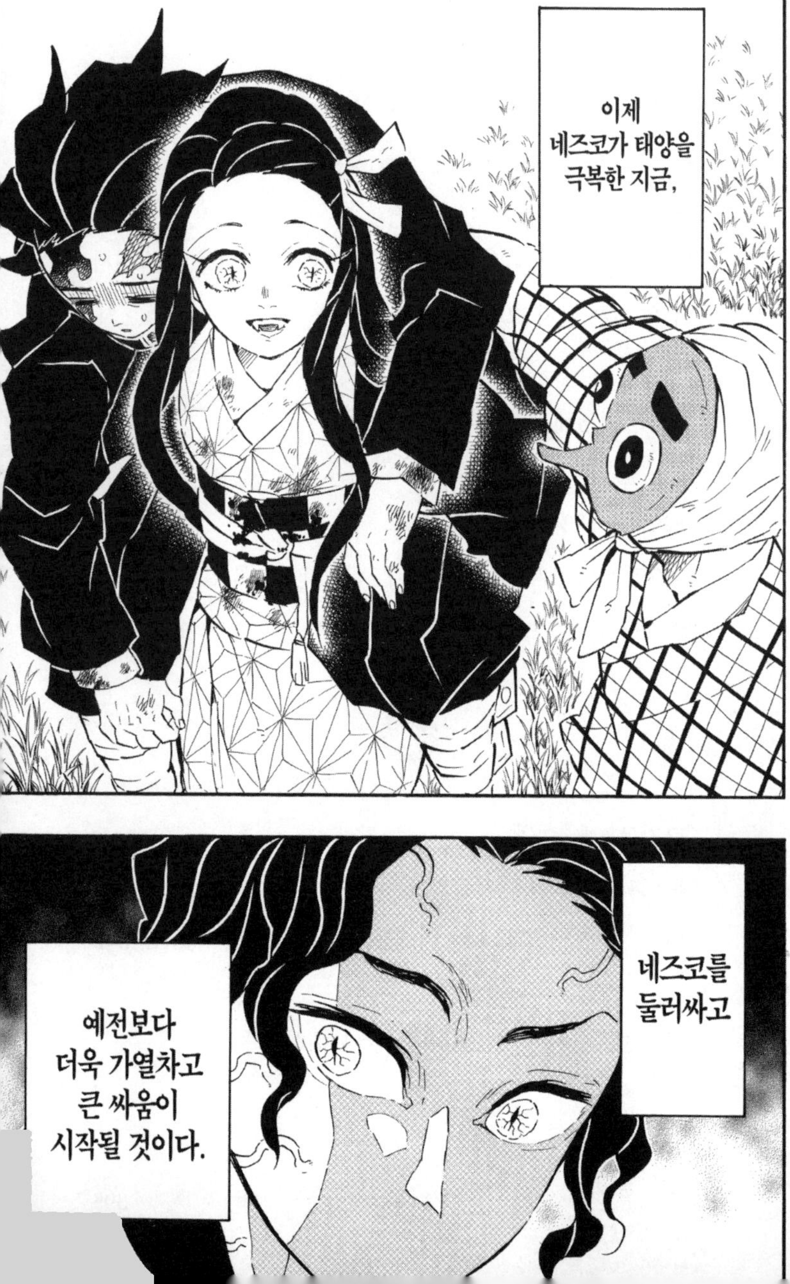

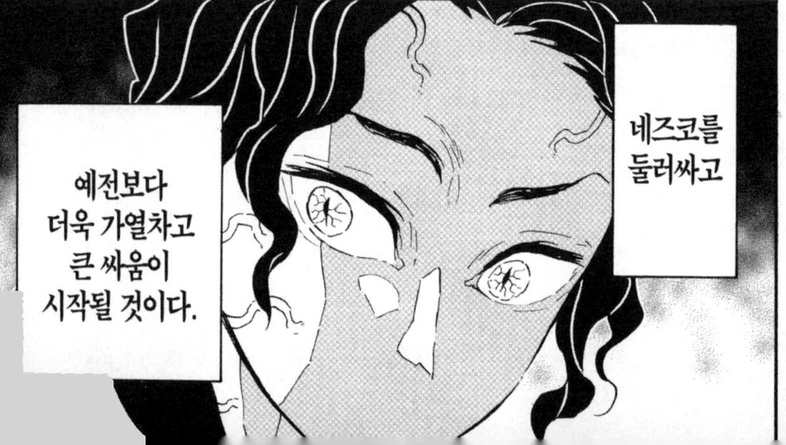
네즈코를
둘러싸고
예전보다
더욱 가열차고
큰 싸움이
시작될 것이다.

탄지로는 얼굴을 들어서 무이치로에게 미소를 지어 보였다.

"칼… 고마워…."

"나야말로 고마워. 네 덕분에 소중한 걸 되찾았어."

감격한 듯이 말하는 무이치로를 보고 탄지로는 살짝 놀랐다.

"어…? 무슨 그런. 난 아무것도 한 게 없는걸…?"

정신이 들고 보니 겐야도 곁에 와 있었다. 모두 무사해서 정말 다행이라고 탄지로는 가슴을 쓸어내렸다.

"그나저나 네즈코는 어떻게 된 거야?"

무이치로가 햇빛 아래를 멀쩡히 걸어 다니는 네즈코를 뚫어져라 쳐다봤다.

"아니, 그게…."

탄지로가 설명하려고 한 그때, 멀리서 들려오는 익숙한 목소리.

"얘들아~! 얘들아~! 얘들아아아아아!"

미츠리였다. 피투성이가 되고 대원복도 너덜너덜했지만, 무사해 보였다. 어마어마한 기세로 달려와서는 겐야와 무이치로의 뒤에서 와락 뛰어들었다.

"으아아아아앙! 이겼다, 이겼어어어!! 다 같이 이겼어! 대단

와락
우와아 아아앙, 이겼다, 이겼어어어어.
대단해 애애!!
다 같이 이겼어.
살아있어어 어어어어.
다행이야 아아아.
다행이지?

해애애!!”

양팔로 두 사람을 꽉 껴안는가 싶더니 이번에는 네즈코와 탄지로에게 매달렸다.

“살아 있어어어어어어! 다행이야아아아!!”

눈물을 뚝뚝 흘리며 기뻐하는 미츠리를 보자 모두의 얼굴에 자연스레 미소가 번졌다.

“다행이지?”

네즈코도 웃으며 대답했다.

구름 한 점 없는 푸른 하늘 아래.

마침내 모든 싸움이… 끝났다.

귀멸의 칼날 노벨라이즈 ~습격당한 도공 마을 편~ 끝

이 소설은 『귀멸의 칼날』(12권~15권)까지의 내용을 담았습니다.

귀멸의
칼날

귀멸의 칼날 노벨라이즈
~습격당한 도공 마을 편~

2025년 3월 10일 초판 발행

저자 마츠다 슈카 | **원작·일러스트** 고토게 코요하루 | **옮긴이** 김시내
발행인 정동훈 | **편집인** 여영아
편집 팀장 황정아 김은실 | **편집** 노혜림
발행처 (주)학산문화사 | 서울특별시 동작구 상도로 282 학산빌딩
편집부 02.828.8838(전화) | **영업부** 02.828.8986(전화)
홈페이지 www.haksanpub.co.kr | **등록** 1995년 7월 1일 | **등록번호** 제3-632호

ISBN 979-11-411-4727-3 04830
ISBN 979-11-6947-799-4 (세트)

값 8,000원